D1178205

Le Gouverneur d'Antipodia

DU MÊME AUTEUR

CHEZ LE MÊME ÉDITEUR

Zone tropicale, 1988 & 1999
Triste sire, 1992 & 2012
Les Beaux Horizons, 1997
Suite indochinoise, 1999 ; « La Petite Vermillon », 2008

AUX ÉDITIONS GRASSET

Villa Zaouche, 1994
Tout est factice, 1995
Mission au Paraguay, 1996 ; « La Petite Vermillon », 2009
Le Fils du fakir, 1998 ; Le Livre de Poche, 2001
Je suis dans les mers du Sud, 2001 ;
Le Livre de Poche, 2003
La Consolation des voyages, 2004 ;
Le Livre de Poche, 2006
Il faut se quitter déjà, 2008 ; Le Livre de Poche, 2009
Le Dernier Roi d'Angkor, 2010 ; Le Livre de Poche, 2011

CHEZ D'AUTRES ÉDITEURS

Capitaine, Flammarion, 1991
Affaires indigènes, Flammarion, 1992
Mardi à Puerto-Azúcar, Les Équateurs, 2005

Jean-Luc Coatalem

Le Gouverneur d'Antipodia

le dilettante
19, rue Racine
Paris 6e

© le dilettante, 2012

ISBN 978-2-84263-688-3

*Ils buvaient l'eau du ciel, le soir,
au fond des fleurs géantes.*

Sainte-Croix-Loyseau
Chimères

Jodic

Cette île est un paradis. Cette île est un enfer. Parfois les deux en même temps, dans la même heure, une même journée. Ça dépend des bourrasques, des pluies, du brouillard. Et de la houle si elle cogne en furie sur la falaise ou si, au contraire, elle veut bien s'apaiser, transformant l'océan austral en un lac profond et muet. Je m'en accommode.

L'été, si bref après un printemps inexistant, Antipodia ressemble à une plaine de Mongolie mais avec des bosses, des creux et de sacrés pitons. Son herbe verdit, jaunit et puis se fane vite sous les dizaines de milliers d'oiseaux marins qui nichent et s'en vont.

L'automne, des éclairs cruels et zigzagants déchirent le ciel. Les plus hardis, les plus joueurs, aiment à nous défier sur la grève de galets. Certains nous coursent jusque dans les bois.

En hiver, la température chute autour de moins huit ou moins dix degrés. Les rafales de vent dégringolent des pics glacés et, par choc thermique, font fumer la mer, tapis sombre qui prendrait feu. Au plus extrême, l'anse Possession peut geler; les rochers devenir cassants comme du verre. Nos respirations se transforment en nuages de cristaux qui se brisent au sol en un doux cliquetis. Hivernants, nous avons alors ce sentiment d'être perdus dans le vide, sur une planète abandonnée, gravitant au milieu de l'infini, cette mer éternelle. Ou, selon la lumière, d'être tombés au fond d'un bocal, parmi des bleus salis et des verts éteints. Et c'est tant pis ou tant mieux. Il n'y a plus que la radio qui nous relie aux autres, mince cordon de codes et de chiffres. Et encore.

Personne ne s'y est fait, m'avaient-ils répété à Brest et à Port-Hobart. Pour autant, je ne pourrais plus vivre ailleurs. Il n'existe rien d'autre désormais de plus sûr qu'Antipodia, j'en suis convaincu. Le réel s'arrête ici ou plutôt il renaît avec moi, sous mon regard, parmi ce lichen étoilé et ces algues caoutchouteuses. J'ai oublié le monde d'avant, celui des jardins peignés, de la musique du dimanche dans les kiosques au toit biscornu, des filles aux robes fluides, des restaurants de la Côte d'Azur où l'on sert du chianti dans des verres embués, de la panna cotta et des sorbets à l'anis. Des parades militaires, des tramways orange et blanc, des piscines chlorées. Le monde des avions à réacteur, des journaux à l'encre fraîche, des autos filant sur les routes à six voies. Le monde de Virginie.

Ma vie d'autrefois est devenue un rêve effiloché, qui ne me tourmente plus que par intermittence, pareil à un vaisseau rapetissé par la distance et le temps, effacé sous des brumes tenaces. J'ai arrêté de remâcher ce que les autres disaient de moi, dans les bureaux et sur les ponts, mi-apitoyés, mi-inquiets :

– Plutôt excentrique.

– Non, un vieux garçon, un solitaire.

– Genre ours des Carpates ?

– Avec du chagrin vissé à l'intérieur. Tout cassé.

Bah ! L'animal reste sur son roc volcanique. Il se tient d'aplomb sur la grève d'Antipodia, avec dans son dos les pics de la chaîne des Quilles et la forêt étrange, cette armée muette. Que les éléments du ciel et du grand austral me cinglent ! Ils me font rire et je ris avec eux. Lorsque je ne sanglote pas au milieu des millions de galets nus où la mer a laissé sa salive.

Je suis ici en poste depuis presque quatre ans.

J'achève ma deuxième saison dans cette station météo, un record. Je compte parmi le « personnel technique », électromécanicien de formation, spécialiste en soudures. Je sais réparer et entretenir : moteurs petits et gros, engins et pompes, circuits micro-électriques, variateurs, bobinages et roulements automatiques. À terre comme sur un bateau en avarie.

Personne n'aura fait mieux que moi. Je suis désormais d'Antipodia, ma terre neuve.

Avec encore de la patience, j'aurai fini par dissoudre la dernière molécule du souvenir de Virginie, ne plus souffrir de son absence comme un amputé de son bras fantôme. L'amour n'est-il pas de ces choses qui finissent par s'éteindre ? Ici, on ne compte pas en mois mais en saison *d'occupation, de maintenance, de surveillance et de secours*. Le contrat est signé en conséquence avec La Glaciale. Bertaud, le pacha de *L'Astrolabe*, m'avait murmuré à travers le filtre de sa barbe de pope orthodoxe :

– On t'oblige pas, mon bonhomme, t'es majeur et vacciné. Au moins, tu auras ton pactole au retour ! Tu vas attirer les filles comme des mouches sur le continent. Cette terre fera de toi un héritier.

Pensez! Depuis le début, je n'ai pas dépensé un sou de ma solde, elle tombe toute seule sur un compte rémunéré en Europe. Avec la prime d'éloignement et de risque... La Glaciale s'occupe de tout, transfert et approvisionnement. Elle fournit le linge, les combinaisons et les caleçons, les moufles et les bonnets en laine, les bottes fourrées, les couteaux et les pioches, tout. Elle couvre le moindre frais, le sel de la salière, la boîte à clous, le sparadrap de la pharmacie et l'ouvre-boîtes pour les pêches au sirop. J'ai souri à Bertaud. Si je voulais, je pourrais rester deux ou trois saisons de mieux sans lâcher prise d'un centimètre. Je ne suis plus effrayé de rien. Pas même des tempêtes lorsque la mer de Tasman et l'océan Antarctique jettent leurs vagues contraires sur les falaises lessivées. Je les entends rugir l'une après l'autre et se perdre dans le fracas, l'écume. Le rivage d'Antipodia se moque de ces affronts depuis au moins le Jurassique. Alors, pour moi, un tour de plus...

Je m'y sens bien. Je suis caché, désintoxiqué de la compagnie des autres. Je suis comme un alcoolique qui n'a plus envie de boire. J'attends que la dernière ombre de Virginie s'efface au tableau noir de ma mémoire, ma Virginie de Brest, au visage sous la pluie, je la guettais au bas de la rue de Siam. On allait s'aimer en cachette sur la corniche, derrière les maisons grises, au-dessus des escorteurs et des frégates, nous deux dans les talus où la nuit tombait, je garais ma voiture près du pont et elle débouchait au-dessus de la Penfeld, montait près de moi, « vite, ferme la portière, des fois qu'on nous aperçoive », son imper plié en cas de pluie, elle riait, le fruit rond de sa bouche, j'allumais les phares et démarrais, elle devait déjà être fiancée à l'autre militaire, peut-être pas, j'arrête, trop triste…

Je ne veux pas vivre mais rêver seulement. Antipodia est dans mon rêve. Antipodia est du reva-reva. Je suis à mon tour dans le rêve d'Antipodia à cause de sa forêt humide, de ses mégaherbes, ses graines violacées. Et puis, bien sûr, il y a Babetta pour tromper le temps et me donner les frissons qui me manquent. Façon de parler.

Je m'appelle François Lejodic, on me surnomme « Jodic », trente-quatre ans. Je mesure un mètre quatre-vingt-neuf pour quatre-vingt-quinze kilos. Chaque jour, après une heure de gymnastique et d'abdominaux, je m'astreins à un footing sur la grève, qu'importe la météo, avant de prendre en main les travaux d'intérêt général. Gouv, le chef de district, y veille. Je m'applique. Ici, on doit respecter à la lettre les règles. Mes après-midi m'appartiennent, j'en fais ce que je veux, courant la montagne et le bois.

Si j'ai déjà à mon actif un tout premier hivernage – sur le continent Antarctique, en pleine glace, au Dôme A-16 –, j'ai préféré m'arrêter lors d'une rotation du ravitailleur sur Antipodia. Ma décision ne m'a pas coûté. J'étais partant pour échanger les banquises du pôle Sud pour cette île isolée, mouchoir de terre volcanique sur mon chagrin d'homme. Je suis descendu de la passerelle, ai rejoint l'hélico arrimé sur la plate-forme en poupe du bateau, et lorsque la portière bombée a claqué et que j'ai fixé sur mes oreilles le casque antibruit, j'ai compris qu'il n'y aurait plus de retour, j'allais vers mon destin, ce point incandescent.

D'en haut, l'océan m'a paru être une nappe grise ; L'Astrolabe, dessus, un jouet d'enfant ; Antipodia, un château de roches gothiques. On m'a déposé avec des vivres dans des tonneaux en plastique dont le couvercle rouge se visse. À peine croisé mon prédécesseur, Vranquard, il avait fini son temps, il voulait plus en parler. « Tu as les consignes sur le cahier, y a plus qu'à suivre », qu'il a lâché. Mais son cahier, je ne l'ai jamais trouvé. Le chef de district est arrivé ensuite. Il avait une parka neuve, une casquette à oreillettes fourrées, des bottes Aigle, et roulé dans un tube en carton un drapeau français. Le bonhomme avait gardé une chemise et une cravate. Il m'a fait rire. Pas resté longtemps. Comment s'appelait-il?

Accroc volcanique de sept ou huit kilomètres carrés, notre île fut longtemps une escale pour les baleiniers et les phoquiers puis une station de secours pour les pêcheurs. Au fil des années, La Glaciale y a installé plusieurs instruments de mesure, des balises, deux citernes, des hangars, et un atelier de mécanique. Un carré de terre battue sur lequel Gouv m'a donné l'ordre de tracer un rond de peinture sert depuis d'héliport. L'hélicoptère dépose ou emporte le nécessaire dans son filet en mailles d'acier. Ainsi, le bateau ne pénètre pas dans le chenal d'Antipodia, s'évitant une manœuvre fastidieuse car une des balises s'est perdue. Ce brise-glace pue trop la cuisine, la sueur et le fuel. On n'en voudrait plus dans notre cratère.

Une fois coupé le talkie-walkie me reliant à notre base de Possession, il n'y a plus que le vent magistral et le hurlement de l'océan, leurs courses démentes. On trouve des éléphants de mer, des phoques, des pingouins, des baleines au large, parfois un groupe de dauphins de Commerson tourne dans la baie. Des oiseaux par milliers, albatros, cormorans, sternes et pétrels, dont nous mangeons frits les œufs gros et gras. Une colonie de langoustes, difficiles à attraper, au verso des roches près du tombant. Et des chèvres. Précieuses. Elles ont été laissées par un navire, il y a longtemps, pour fournir de la viande aux autres bâtiments qui s'échoueraient par là ou auraient une avarie grave. Mesure de précaution. Les parages sont rudes, les naufrages fréquents. On a dénombré une quinzaine de bêtes dans le bois Joséphine. À mon sens, c'est une erreur, car elles dévorent tout, les jeunes branches et les algues sèches, le lichen, le chou des Kerguelen et les méga-herbes, le reva-reva. Ces animaux connaissent mon odeur d'humain, il me faut les chasser à l'arc, à l'indienne, derrière le vent et l'écho de la houle. Lorsque Gouv ne me voit pas. Il me punirait pour ça. Les chèvres font partie des ressources d'Antipodia, elle en a peu. Une île perdue, cernée de vagues puissantes et monotones, devant, derrière, partout. Antipodia nous exalte ou nous étrangle, chaque jour, tous deux, Gouv et moi. Les cieux y sont rouges et noirs comme dans un décor de music-hall. Une chanson réaliste.

Gouverneur

Je règne sans partage. Je règne sur la terre,
le ciel et sur la mer jusqu'à douze milles marins.
Ma mission dure deux ans. Presque finie. Si
j'essaie de ne plus penser à l'avant, je me suis
résolu à ne pas songer à l'après – qui sait ce qui
m'attend en Europe? Je crains que ça ressemble
à du néant. Mais n'être plus rien, n'est-ce pas
déjà être immortel?

Je me nomme Albert Paulmier de Franville.
Cinquante-deux ans. Détaché par la compagnie
La Glaciale qui en a la concession, mais sous
l'autorité du préfet des TAAF (Terres australes
et antarctiques françaises), je suis à la fois l'ad-
ministrateur de ces terres désolées, le conserva-
teur de sa faune et de sa flore, son météorologue,
son officier légiste et son douanier, bref, une
sorte de consul ou de gouverneur honoraire.
Même si mon titre contractuel est celui de chef

de district, il me plaît que l'on me donne du « Gouverneur », voire du « Gouv » – je ne suis pas contre un brin de majesté. Jodic m'appelle ainsi. Dans le tiroir de mon bureau, sous clé, je conserve tampon et bloc encreur. J'ai droit d'apposer sur le passeport de qui débarquerait cette mention valant titre de séjour :

Ma fonction me donne tous les pouvoirs en ce pays démuni : droit de mouillage, de relâche et d'approvisionnement, droit de chasse. Droit d'ennui, surtout. C'est moi qui décide en dernier lieu et Antipodia est bien le lieu dernier habité par les hommes. Je suis un œil ouvert sur la mer trop chiche de ses navires, le ciel changeant, la bruine sur les flancs de la chaîne des Quilles, les mouches, les oiseaux dont les cris pointus me percent comme des dagues de spadassins. Mon regard s'abîme dans le gouffre liquide ou se dissout parmi les nuées grises. Je voudrais être pareil au pic Napoléon, à l'est de ce pays : impérieux, roide, désolé. Présent et déterminé dans cette alternance de temps gris, blanc ou noir. Au fond, pas plus crétin que les fluctuations de la météo. Ma mission est aussi héroïque qu'absurde.

Où est Antipodia ? Nulle part ou autre part, répondrais-je, et j'aurais deux fois raison. Un rocher parmi les vagues. Un cratère effondré. L'île a une forme de fer à cheval, protégée de falaises. Au milieu, l'anse Possession. Un abri sûr auquel il est bon d'arriver mais difficile de repartir. Il est torve. Il casse les vents, contrarie la houle. Sauf lorsqu'elle est trop forte et veut nous remplir en cul de bouteille. Elle y parvient. Je consigne alors l'événement. Apporté mon stylo Montblanc pour ça. En première page du registre, j'ai apposé ma noble devise, celle de ma famille, de l'amiral, en hautes lettres calligraphiées : *Je maintiendrai.*

Antipodia a été découverte lors de l'expédition de Marc-Joseph Marion-Dufresne, le 26 février 1772. Fin janvier, à la tête d'une petite escadre composée du *Mascarin* et du *Marquis de Castries,* l'explorateur avait déjà pris pied sur un archipel qui sera baptisé du nom de son second, de Crozet. Poussant à l'est, en espérant gagner la Polynésie, il loupa les Kerguelen mais atteignit sans le vouloir, un mois plus tard, à peu près sur la même longitude, celle qui deviendrait Antipodia...

Après avoir louvoyé autour de l'île insoupçonnée, Marion-Dufresne fit mettre à l'eau une chaloupe avec neuf marins, un tambour et un porte-drapeau. Profitant d'une vague plus grosse que les autres, l'esquif se risqua dans l'anse, remonta sur deux cents mètres entre les murailles où criaillaient des oiseaux, aborda une pente de galets crissant sous les bottes... Ils y étaient. Silence. Nuages noirs de la taille d'un zeppelin. Vols d'oiseaux divers et contrariés. Çà et là, des bois flottés en tas sur la grève. Un bout de ruisseau, né d'une cataracte. Du lichen jaune et des mousses grenues sur à peu près tout. Air iodé et en même temps confit, humide, avec de larges zones où puaient les animaux. Ombres triangulaires des pics. Buée des voix. Nul signe de vie intelligente...

Ayant tenté une exploration dans les alentours, puis édifié un cairn, son lieutenant, Gaël de Penfrat, déposa dans une bouteille de rhum l'acte dûment rédigé. Lui et ses camarades auront été les premiers à fouler cette île où, depuis la création du monde, il n'existait que des cailloux, un bois de hêtres australs, le *Nothofagus antarctica,* des rouleaux d'algues entortillées, des animaux marins et leurs barrissements déchirants, et ce quelque chose d'indéfinissable dans l'atmosphère, disons de la tristesse distillée à l'infini, presque palpable, je la ressens encore, ce n'est pas une illusion...

Dans ses *Mémoires,* l'officier breton racontera en détail cette équipée : *J'ai fait arborer le pavillon et en ai pris possession au nom de mon maître en faisant crier trois fois « Vive le Roy » et tirer six décharges de mousqueterie.* Puis le tambour avait résonné dans la bruine glacée, le silence avalant une à une ses notes monotones. Un vent d'orgue s'était levé. L'escadre avait pu repartir vers sa fin tragique. Quelques mois plus tard, Marion-Dufresne et quinze membres de son équipage succombaient en effet sous les lances crantées des Maoris, en Nouvelle-Zélande. À peine débarqués, ils avaient abattu par erreur des arbres tabous, des *kaoris.* Les sauvages avaient fondu sur eux. À cent contre un. Seul un canonnage en règle permit d'à peu près en réchapper.

La minuscule Antipodia sera dès lors terre française, dans le giron des TAAF, dont le territoire s'étend des tropiques au pôle Sud. Elle se situe à mi-chemin entre le sud de la Tasmanie et le nord du continent Antarctique, mais bien plus à l'est des îles Amsterdam et Saint-Paul. Ces dernières sont elles-mêmes dépourvues de population sédentaire, hormis quelques scientifiques ou des sticks de militaires en « opé » survie.

Antipodia la solitaire sera cartographiée sous le premier Empire. Ses toponymes lui auront été attribués par le chanoine Célestin Ney, cousin de l'illustre maréchal, chargé de mettre à jour l'Atlas officiel : anse Possession, pointe Austerlitz, pointe Déception, bois Joséphine, rivière Marie-Louise, pic Napoléon, pic de l'Aiglon, ces deux monts culminant à plus de sept cents mètres dans un ensemble de petits sommets appelé chaîne des Quilles. L'ecclésiastique s'était servi des notes et des croquis de Penfrat. Celui-ci, à bord du second navire, le *Marquis de Castries,* avait pu heureusement rentrer en France.

Possession est donc notre « capitale ». Une dizaine de hangars et de préfabriqués, un groupe électrogène, trois abris météo, cent barils de fuel, deux cuves de cinq cents mètres cubes que nous remplissons avec l'eau de pluie, aucun problème de ce côté-là, et deux canots dont un en aluminium à moteur. Mais je devance votre question en étant plus clair : non, je n'ai pas choisi d'être ici. Je ne veux plus y repenser et pourtant je dois quelques explications. Elles seront partielles... Eu malheur de déplaire en haut lieu, après un poste à Alep, en Syrie, où j'ai appris l'arabe, Durban et un autre plus prestigieux à Singapour. On m'a muté. Puni. Des photos volées. Une mise en scène. Et le chantage. Notre grande maison s'en est alarmée, elle n'aime pas ça. Toutefois, ainsi que me l'a susurré Bouvarol, Charles Bouvarol, le directeur de cabinet, un prétentieux à voix de châtré : « Eu égard à vos mérites, au nom illustre que vous portez, notamment l'amiral que fut votre aïeul, à la tradition de nos institutions, en vous nommant à... » Tout pour qu'ils étouffent l'affaire. Elle aurait tué mon père malade, ruiné la réputation de mes frères et de ma sœur. Jusqu'à mon ex-épouse. Elle aurait entaché le blason des Paulmier de Franville. Alors ils ont téléphoné au préfet des TAAF basé à La Réunion, puis à La Glaciale pour leur signifier mon ordre de mission. Elle ne pouvait pas refuser : l'État finance en partie ses installations et lui garantit ses prérogatives sur la zone. En échange, la compagnie y assure un relais météo et une escale permanente sur la route des bases, Dumont-d'Urville et Dôme A-16, comme autrefois ces cabanes de trappeurs dans la vaste forêt américaine. On le lui a notifié noir sur blanc : dès le mois prochain, Franville est muté pour deux ans sur Antipodia, chef-responsable du district, le poste est vacant. La Glaciale a signé mes papiers, à ma place. J'ai eu juste à dodeliner du menton, croquant congédié après qu'on lui eut lancé son quignon de pain. « Merci beaucoup, Monseigneur, vous êtes trop bon. » Dehors, sur le pavé de Paris, pris par les projecteurs croisés des bateaux-mouches comme un Messerschmitt dans la DCA anglaise, je n'étais plus rien dans mon costume italien. Pas plus qu'un insecte exotique. Mais sans ailes. Condamné au sol. À la terre dure et glacée d'Antipodia. J'avalai en hâte deux manuels de météorologie.

Je me souviens de ce matin d'avril au Quai, les bureaux lambrissés, l'huissier à chaînette, l'odeur de cigare et de la cire à parquet, l'attente, l'attente à dessein, le purgatoire, le maître vient quand il veut, fût-il seulement directeur de cabinet, les orangers en pot par la fenêtre, le bout de pelouse si nette, le chien du secrétaire d'État à l'Outremer, un braque de Weimar, d'un gris argenté, humant l'air doux de la France républicaine et pissant sur les marbres. Et ce crachat sur mon complet. Un camouflet. J'aurais dû sortir le browning de papa de ma serviette en croco et me faire sauter le caisson dans le bureau de Bouvarol ou dans celui du ministre, ma cervelle giclée sur les murs de ces imbéciles, les grumeaux de ma boîte crânienne dispersés dans le lustre à pendeloques et sur le glacis des toiles dix-huitième, saloperies de ragondins qui n'ont jamais quitté les berges de la Seine, ni les lambris, ni les salons à candélabres, et Bouvarol de s'extasier sur la valeur des « Résidences de France », ces timbres commémorant nos expéditions lointaines, explorateurs, botanistes et vaillants avions, « l'occasion de commencer une collection personnelle, quel réconfort l'hiver que la philatélie, vous verrez », il ne sait même pas ce qu'est la quinine, un ventilateur ahanant dans l'air sucré, le goût de la chair jaune lorsqu'elle est si jeune, oui, du lait un peu aigre, et que son propre sang vous brûle dans les veines et dans les yeux, en kérosène puissant. J'ai baissé la tête, moi, un Paulmier de Franville, devant ce gueux sorti de son bocage, ce paysan en braies à qui mes ancêtres auraient accordé une houe et un coup de pied au cul, grommelé dans ma barbe en pointe, baissé mes yeux de chat siamois qui plaisent tant aux dames duveteuses et aux petites filles claires, cherché trois excuses, prétexté un coup du sort, un traquenard, expliqué la solitude du fonctionnaire en exil, divorcé, célibataire, toutes ces tentations, si, on devrait interdire les contrées tropicales aux expatriés entre quarante à cinquante ans, « enfin, peut-être, oublions ce regrettable égarement, mais franchement, cher ami, vous ne pouviez pas, quel embarras, le ministre y voit une affaire qui... Du coup, les nuages, les merveilleux nuages, dont parlait Baudelaire, ils vous seront un recours, vous verrez, la météo, pluie et beau temps, n'est-ce pas, si distrayant... »

J'ai reconnu les faits, ils étaient là, crus comme du steak tartare, et j'ai préféré partir, accepter n'importe quoi pour ne pas être destitué, rayé de la liste des cadres, m'inscrire au chômage en portant la croix du blasphème. Alors pourquoi pas être déposé sur Antipodia, sur la plus infime de nos terres nationales, si exiguë que la plupart de mes collègues estiment qu'elle ne compte pas, pas même pour sa zone halieutique, lubie de cartographe, ébriété de philatéliste, songe de poète? Pour me faire oublier. Renaître. Devenir cet autre que je porte en moi. Loin de ces photos sous le ventilateur. Est-ce ma faute si... Ô vivre sous la Rome antique!

En attendant, je ne suis pas peu fier car mes prédécesseurs qui n'étaient pas punis, eux, et entendaient faire du zèle, n'ont pas résisté longtemps. Pas bavard, Jodic m'a raconté en trois mots leur Bérézina. Le premier a été envahi de tics nerveux dès que l'hélicoptère a actionné son rotor et que ses petits cheveux ont voleté sur son crâne rond et froissé sa cravate. Ils ont fini par l'hélitreuiller au retour du brise-glace… Quant au second, un dénommé Tonay, Lucien Tonay, climatologue de formation, il a obtenu son rapatriement avant l'hiver, mal, très mal. Il gémissait soir et matin, un chiot, à bout de nerfs, jusqu'au moment où il s'est enfui à la nage, après avoir enfilé la combinaison et la cagoule en Néoprène. Il avait cru apercevoir un paquebot de croisière au large. Il n'a pas été loin, à peine à la balise du chenal à laquelle il s'est cramponné, tétanisé, marbré de froid. Derrière son masque où son visage avait gelé, il implorait la clémence de La Glaciale, du patron des TAAF, de Bouvarol à Paris, jusqu'au président de la République. Jodic a dû aller le chercher en canot, et l'ayant allongé près du feu, lancer un appel d'urgence à Port-Hobart.

Je suis le troisième, *last but not least*. Je garde cette île, île-trésor, forteresse, boulet. Mon district, ma Sainte-Hélène ! Une prison de pluies et de vents, où je suis geôlier et prisonnier à la fois. Un grand *dinghy* immobile de pierre dont le ciel, tour à tour d'un bleu de fleur puis d'un bleu cruel, est aussi un océan. Parfois, les étoiles pareilles à des feux de détresse m'évoquent des navires perdus.

Infortune! D'Alep, mon premier poste, j'ai gardé en talisman un médaillon en bronze du XIIIe siècle, sur lequel sont gravés dans une roue ces vers arabes : *Tu as atteint le rang le plus élevé/ Et le succès t'a accompagné de toute part/ Tu es toujours désiré et tu tends.* Il ne me quitte pas. Je le transvase de poche en poche depuis des années. Quelle ironie, n'est-ce pas ? En mon royaume vide, comptable des nuages, prince des nuées, je suis le négus du Grand Rien. Cette cuvette d'eau lugubre est mon Éthiopie, mon Harar. Le récit du monde coule en dehors de moi. Chaque image est dissoute par la suivante, et pourtant c'est la même, répétitive, idiote et naturelle, sur le paysage pétrifié. Tant pis si l'on estime, en balayant du regard une mappemonde, que j'ai la tête à l'envers. Dans cette obscurité, je garderai allumée la lumière de la résidence.

Combien de jours à écouter rouler le tonnerre dans le miroir de l'île ?

Jodic

J'aime le bois Joséphine. C'est l'une de mes cachettes avec la chaîne des Quilles. Une centaine de hêtres, très serrés, croissent à l'abri d'une cuvette. Les plus hauts de ces *Nothofagus antarctica* culminent à vingt mètres. Ils ne craignent plus les dents jaunes des chèvres. Là, je suis loin de Gouv, ses lubies, ses maniaqueries. Disparu de son champ de vision, j'échappe à son autorité, à son existence, même s'il sort peu des baraques et des hangars. Je fais ce que je veux. J'ai coupé le talkie-walkie. Je ne le reverrai plus que le soir pour le dîner, notre partie rituelle de Scrabble ou de crapette, nos marmonnements de vieilles bêtes rangées dans la nuit.

– Je vais aux épinards tantôt...

Il ne peut pas refuser. Les corvées et les réparations sont effectuées le matin, et l'après-midi

chacun des hivernants est libre de ses mouvements, il est vrai que la nuit tombe vite. Les
épinards, aux abords du bois, sont délicieux.
De même que les choux des Kerguelen, un
antiscorbutique. J'en coupe à la serpette et les
ramène dans deux paniers tressés. Bouillis,
au gros sel et à l'huile d'olive, Gouv en raffole.
À cause du fer qu'ils contiennent. Nous avons
pris cette habitude de prélever une part de notre
nourriture sur Antipodia. Pour une raison ou
pour une autre, nos provisions (boîtes, sachets
déshydratés) pourraient s'épuiser ou se gâter.
Il nous faudrait compter sur les ressources de
l'île : les œufs d'oiseaux (en dépit de leur odeur
de poisson), quelques langoustes prises sur le
tombant, et bien sûr ces épinards à la consis-
tance d'algue. Au pire, on abattrait une chèvre
pour en rôtir un cuissot. Ainsi, chaque jour,
Antipodia passe dans notre sang, s'incorpore à
nous, nous délivre son énergie. Nous devenons
de vrais Antipodiens, grandis par cette terre.
Qu'elle nous habite nous qui l'habitons, qu'elle
soit notre sang, notre souffle, l'eau de nos yeux.

– Des conneries ! m'a sermonné Gouv. On
mange ce qu'on trouve ici juste pour *é-co-no-
mi-ser* les stocks. Qu'est-ce que tu me délires ?

À trois kilomètres de là, le bois Joséphine se
déploie sur une zone triangulaire à l'est de l'île,

après la rivière Marie-Louise, en deçà de la pointe Austerlitz. Les arbres se trouvent dans un creux. Ma présence éloigne le troupeau de chèvres, aussitôt. À l'abri du vent, de l'haleine de la houle salée, les hêtres prolifèrent, touffus, entourés par les étendues des mégaherbes et des plantes entortillées du reva-reva. Un autre de mes secrets. Car, avec cette dernière, je prépare des tisanes. Ou j'en mastique les graines acides...

Le reva-reva porte bien son nom : à haute dose, une demi-heure après l'ingestion, les songes m'emportent, me bercent, ils s'insinuent dans ma réalité, en modifient la teneur, la sonorité, son goût, ils envahissent ma vision, ouvrent des portes, tracent des labyrinthes, m'égarent et me ravissent. Je peux planer haut avec les sternes. Battre avec la houle sur le récif sans me décomposer jamais. Rejoindre les nuages. Ou alors je suis une plante, et je rampe dans les mégaherbes, mes radicelles en avant. Je peux être coccinelle ou phasme bâton. À d'autres moments, je me vois marcher de façon très concrète dans les rues d'une ville de la Côte d'Azur, à la recherche d'une bière et d'un paquet de cigarettes anglaises. Ou alors, déguisé en Peau-Rouge, bariolé et emplumé, je conduis une Packard « Caraïbe », modèle 1953, la roue avant gauche de l'auto calée sur la bande blanche d'une autoroute. Selon l'humeur, le désir, le reva-reva accentue ce que l'on a en soi. Il le fait fleurir. Exploser. Mais si la graine est avariée et son principe actif mal dosé, ça déconne : hoquets, vomissements et chiasses. Gâché trois combinaisons zippées. J'abuse.

– Un truc imprévisible et donc dangereux, a conclu Gouv, qui n'y a goûté qu'une fois et n'a pas voulu recommencer. Ou alors il faudrait l'analyser, évaluer toutes ses composantes...

Pas insisté. Gouv ne monte pas jusqu'au bois, ce n'est pas un bon marcheur. Il préfère tournicoter autour de la résidence. Il me fait confiance pour les épinards. Et moi, je rêve de ce que je veux : ces images saccadées déroulent en moi une autre île, une île dans mon cerveau...

Question filles, tant pis pour ma Virginie, qui aura préféré cet officier de la Royale paradant sur la passerelle de sa frégate gris acier, à cette heure elle doit avoir eu ses deux braillards et sa maison neuve, je ne vais pas chercher bien loin, pour cause, prisonnier que je suis, je prends ce que j'ai sous la main, Babetta. Il m'arrive de l'emmener ou bien la Suédoise me rejoint, elle est facile et toujours partante... Tout à coup, elle apparaît, elle s'était cachée derrière le tronc d'un *Nothofagus*, elle me guettait, elle me voulait encore. La belle sourit en me montrant ses dents et en dardant sa langue, sa langue rouge en pâte de fruits, ses cheveux blonds, presque blancs, dansent dans la lumière. Qu'elle soit presque nue ne me gêne pas. Ma bouche cherche la sienne. Elle m'attrape les mains, elle est douce comme un faon, serpentine. J'aime ses cuisses et ses genoux parfaits, elle a des seins lourds avec une large aréole rose-brun. Elle aime ma parure de plumes, mon cimier en bec d'oiseau. J'entraîne ma Suédoise dans un fouillis de mégaherbes, en roulant parmi les *Bulbinella rossii* et les *Gentianella antarctica,* elle me suit volontiers, elle rit, elle s'offre à moi, sa fourche ouverte au-dessus de la pâleur des *Pleurophyllum speciosum,* ses cris, mon sexe dressé de taureau géniteur, sa fente est un puits avide...

Et puis je me réveille, mal, cabossé. Il fait plus froid, il pleut à grosses gouttes, des gouttes d'eau comme des pièces de cinq francs font *ploc ploc* sur les rochers, Babetta est partie, la clairière est en vrac, les chèvres risquent une tête barbichue, elles veulent reprendre leur territoire, j'ai égaré une fois encore la serpette à épinards, je cherche mon arc et mon carquois, vite. La nuit est tombée sur la pointe Austerlitz et sur l'épave de *L'Aurora* qui gît en bas, un langoustier. Au début du siècle, une erreur de navigation puis un vent dément l'ont brisé, vulgaire bouchon de carafe. Sa carcasse ne tient plus, couchée sur son flanc tribord, que par miracle. Je me suis promis d'y aller avant que la houle ne le pousse dans les abysses. Mais il faudrait une corde à nœuds comme en classe de gymnastique.

Atteindre alors par l'échelle de coupée le gaillard avant, un pied après l'autre, le poids du corps résonnant sur le métal du pont.

Chercher l'écoutille.

Descendre.

Me moquer du goutte-à-goutte de l'eau suintant dans les coursives. Puanteur d'iode et de sel. Âcreté de la rouille qui perce les cloisons et troue les marches, acide.

Parvenir jusqu'à la timonerie de traviole.

Trouver peut-être une bannette aux draps secs. Dormir dedans. Baiser dedans.

Et, après l'amour avec Babetta, qui n'en reviendrait pas d'avoir dormi dans du linge blanc, « mais c'est royal, chéri, ça me change des fougères trempées d'Antipodia et des salles d'opération de Dakar, approche, ma déesse blonde, je suis ton médecin traitant », ramasser une boussole, fouiller les poches de la vareuse dans la penderie, un portefeuille en cuir moisi, une photo à bords dentelés (quel visage aimé ?), un couteau suisse, des clés inutiles...

Si Gouv savait mes projets, il m'écraserait comme une punaise. À Antipodia, un risque inutile équivaut à une faute. La compagnie ne goûterait guère à ce genre d'initiatives – mais qui l'apprendrait à des milliers de kilomètres ? Lorsque Babetta me lance ses minauderies de chatte blanche, je m'en cogne. Tant pis pour les fantômes et les autres cannibales. Je veux son corps frais.

Gouverneur

Possession est ma possession. Faisons le tour du propriétaire :

Un héliport rudimentaire, une cale en pente qui plonge dans l'eau transparente, des rails, un treuil, deux canots, deux cuves à eau, cent barils de fuel.

Trois abris météo en bois blanc, sortes de ruches montées sur pied de métal, dont je relève les données des appareils de mesure (anémomètre, hygromètre, baromètre, pluviomètre, thermomètre, etc.).

Une antenne radio, un mât à drapeau dans un cercle de pierres chaulées. Dans le chenal, une balise bâbord de couleur rouge, avec son voyant, en forme de cylindre. La verte, à tribord, s'est dessoudée et a coulé par le fond.

Une chapelle en dur, Notre-Dame-des-Vagues : un bloc en ciment flanqué d'une croix en bois, trois chaises en plastique dedans, une table en formica ébréché pour l'autel. Sur Antipodia, Dieu, ai-je conclu une fois pour toutes, est à l'extérieur.

Notre village, enfin : une dizaine de hangars, servant de remises ou de laboratoires, généralement en bois, en tôles et en béton, quand ils ne sont pas de simples modules Algeco. Un atelier, l'antre de Jodic. Adjacent, le magasin accueille dans des armoires à tiroirs câbles, clous et vis, fils électriques, gaines et tuyaux divers, en plus d'une panoplie d'outils de menuiserie, de plomberie ou de mécanique. L'unité la plus étanche regroupe sur des étagères numérotées les vivres : boîtes, conserves, sachets déshydratés, etc. Le frigo-congélo à pétrole permet de conserver la viande quoi qu'il arrive.

Un groupe électrogène fournit en principe l'électricité même si nous en consommons peu, couchés à la nuit, réveillés à l'aube. Elle nous est indispensable pour nous chauffer dès que l'hiver ronge les côtes d'Antipodia, soit de mai à septembre, les saisons sont inversées.

Un bloc-vie qu'occupe Jodic. Il y a son châlit, sa salle de travail et de repos. Prévue pour vingt-quatre hivernants (l'équivalent d'un équipage de gros cargo en avarie), elle est démesurée pour lui. Il y a une salle de ping-pong. Nous avons crevé toutes les balles.

Ma « résidence », non loin des hangars : une maison en U avec, dans la partie gauche, ce poste radio sur lequel j'envoie le point météo, la minibibliothèque et filmothèque, et les cartes d'état-major. À droite, la chambre, spartiate, lit en fer, bassine en émail, et sur une étagère quelques livres. Au milieu, face à l'anse Possession, la Salle dorée, toute lambrissée. En raison de sa vue sur la baie et de sa dimension – douze mètres par seize –, elle sert de salle de réception même si nous n'avons jamais organisé de pince-fesses. Une table en bois, des bancs. Un fauteuil de dentiste qui passerait pour un trône. Un scaphandre en cuivre luisant dans l'angle, pour une armure. Des gravures à l'eau-forte, gondolées dans leur sous-verre, l'une représentant Port-Hobart aux premières heures de la colonisation, et l'autre le sieur Marion-Dufresne, pommadé et perruqué, la main sur son estomac, agrémentent les murs.

Laissés sans doute par Vranquard, l'ancien mécano, j'ai hérité d'une collection de puces de mer dans des bocaux de formol, d'un trente-trois tours de Wiera Gran, *Tango notturno,* noir dans sa pochette où se découpe un palmier. Nous possédons aussi un téléviseur, qui ne

capte rien, et un antique magnétoscope VHS.
Un os de seiche est posé dessus. Une carte de
visite de Lucien Tonay a été glissée dessous,
pliée en deux, pour le caler, avec, au verso, deux
mots énigmatiques et lointains :

Bujumbura (Burundi)

Nous nous en tenons volontiers à une certaine
routine. Pas si facile d'être prisonniers à l'air
libre ou tenus dans une liberté relative... Le
soir, nous n'écoutons pas les nouvelles. Elles
nous briseraient comme, sous une botte ferrée,
les patelles sur la grève. Nous préférons les
jeux de société. J'excelle au Scrabble ; Jodic, aux
fléchettes. À la crapette, nos forces sont égales.
À force de jouer l'un contre l'autre, et de cumu-
ler nos points, on atteint des scores invraisem-
blables. Aux fléchettes, il est le plus adroit.
    Le dimanche, nous nous efforçons à la convi-
vialité. Nous changeons de tenue, remplaçant
notre bleu de chauffe par des jeans et de gros
pulls. Détente ! Il est d'usage que nous déjeu-
nions à la même table, face à face, sous le logo

de La Glaciale – dans un ovale, une montagne stylisée, léchée par un friselis d'écume, couronnée d'un nuage. Si la fréquence est bonne, nous écoutons un concert à la radio. Avant, nous avons levé les couleurs et procédé au rituel des questions, dont certaines, pour la bonne marche du district, seront consignées dans le registre. Pour un étranger, ça passerait pour du langage codé, mais nous nous comprenons, Jodic et moi.

– Le vent a tordu l'antenne. Faut monter.

– Après le pain beurré et le coup de chien.

– Brossage des plinthes?

– Ça avance. Fini demain.

– Chèvres?

– Pas d'autres petits dans les jumelles.

– Canot…

– Foutue graisse à moteur!

– Je demanderai par radio à ces cossards du continent.

– Pas fichus de prévoir.

– Des pions de bureau, le cul sur leur chaise.

Depuis que je suis là, nous nous sommes habitués l'un à l'autre : s'il a choisi de vivre et de travailler ici, j'y suis obligé. Jodic a une expérience et une pratique de l'île que je n'ai pas, certes, mais que je pense avoir rattrapées. Antipodia plaît à ce bougre de garçon pour d'autres raisons, plus personnelles. L'île lui sert à exorciser son malheur. Il en use comme d'un antidote. Un coupe-feu.

Au quotidien, pour nous épargner les frictions, nous essayons de montrer de la réserve en tout. Un rebond vaut mieux qu'un coup direct. Du moins sur le papier, car ce n'est pas facile... Jodic ne me craint pas, non, mais j'ai vu qu'il m'avait observé, évalué, et qu'il m'épie encore. Attentif. Sur ses gardes. Il sait qu'il suffirait d'un mot pour qu'il soit viré d'Antipodia à la prochaine rotation. Qu'il retourne sur le continent. À la houle de son chagrin. C'est moi qui envoie le bulletin radio à Port-Hobart. Je suis l'interface avec l'extérieur.

S'il a cherché ses marques et son allonge comme un boxeur face à son adversaire, il a compris que je tiendrai le coup. L'île serait mon purgatoire mais aussi mon salut car, au fond, je cachais de mon côté du pas joli-joli. J'étais un banni, certes, mais momentané. Avec une faute à expier. Le temps jouait en ma faveur, une seconde de plus m'était une seconde de gagnée. Pour cette raison, pas de rapatriement comme les deux autres. Malheur aux vaincus !

Si je compte sur l'impassibilité foncière de Jodic, sa solidité et son bon sens, au moins le matin, je me méfie toutefois de ses après-midi où il file en goguette. Quel contraste ! J'en suis jaloux. Il ne cherche pas à m'emmener, non. L'île devient son jardin secret. Il marche plus vite et plus loin que moi. Il échappe aux mouches bleues. Il arpente cette terre, se fond entre les rochers, disparaît en elle. Et il revient, gaillard, absent ou effondré, ayant vécu quelque chose dont le sens et la dimension ne m'ont jamais effleuré.

Mais je redoute autant mes humeurs dans le colin-maillard des jours. Elles me font trembler comme l'aiguille d'un oscillographe. Héritée de mes pères, ma devise familiale s'applique d'abord à moi : *Je maintiendrai*. Je ne dois pas vaciller. Et si l'équipage d'un bateau réclame assistance, il nous faudra, grâce à nos vivres, notre atelier et nos baraques chauffées, rester à la hauteur de ce que nous devons être : de vrais rois mages dans un désert d'eau rugissante. Sans bandeau sur les yeux. Sans masque.

★

Ne pas perdre la face. Afficher une bonne mine jusqu'à la fin de la saison. Je me répète la question qui sonne le glas : y arriverai-je ? Les ombres s'enfuient et réapparaissent, prisonnières, à la même place, avec l'illusion d'avoir bougé. Les aiguilles ont tourné, la douzième heure revient et elle est la première et toujours la même. La vie sourde et répétitive d'Antipodia me creuse et m'étourdit. Son tragique et son indifférence m'effarent et galvanisent. Au mieux, ça me stupéfie. Allez, quelques chiffres de plus pour le bulletin météo que personne n'entendra à l'autre bout de la mer et dont, moi-même, je me fiche...

Ce vent omniprésent, par exemple. Que faire avec cet énergumène qui vous bouscule, vous pilonne, vous traque entre les hangars puis vous renverse, ridicule, pauvre chose humaine, entre les virgules lasses de goémon? Alors que cette calamité n'existe pas *vraiment*? Se battre comment? Et il disparaît, englouti je ne sais où, le monde se déroule sans bande-son. L'air est nettoyé, les collines proprettes. La mer est devenue muette. Lustrés, les rochers miroitent sous la lumière du soleil réapparu. Et jusqu'au parfum camphré du bois Joséphine qui embaume. Puis il revient, l'affreux, à quatre-vingt-dix kilomètres/heure, trois jours de rang, vous pilonnant la gueule, à rendre dingue les anémomètres. Inépuisable vacarme. Labyrinthe trafiqué de ruades et de claques invisibles.

Ou ce froid qui nous tombe dessus et s'entend d'abord à faire fumer la terre et le rivage. Il nous glace le chemin, l'horizon, jusqu'à la langue, l'âme aussi. On est passé sous une lumière de bocal sans poisson. Fonds marins sans eaux. Lueurs verdâtres et marbrées montées des lichens et des mousses. Je, tu, il est une algue... Et si la neige s'en mêle, les flocons dansent comme des abeilles, au ralenti. J'entends sur les carreaux de la résidence leur léger tintement albinos. Je sors avec ma tasse de café et mon bonnet de laine et là, échappées du ciel, sur la baie et les collines, autour de la balise rouge devenue une goutte de sang dans la blancheur, j'admire ces milliards de particules qui volettent dans la limpidité de l'air, diaphanes et amicales. Sublime. Terrifiant. Les deux à la fois. À quoi je sers dans cet univers qui ne me *comprend* pas?

Que faire, ajouter? Tout se suffit sauf moi, inconséquent. Il y a du solennel à Antipodia. À force de silence, j'y perçois le grondement de la giration des étoiles tandis que nous restons collés, gravitation oblige, à la croûte terrestre. Bottes au sol. Culs de plomb. Bras sans grâce. Et tête martelée par le vent qui remonte par la grève, furète ici et là, et puis bondit sur l'un ou l'autre, loup frissonnant. Il nous avale. Il nous croque. Ou nous mordille et nous entame. Fendu, le toit du hangar est le premier à pleurer sous l'étreinte... Il faudrait alors faire pack, genre équipe de rugby, face à la poussée adverse.

Devenir rempart. Répliquer par un tir de contrebatterie. Chanter, alors. Gueuler des poèmes. Réciter à tue-tête un précis de droit maritime.

J'appelle Jodic. Absent. Sans motif. Je suis seul et me traîne comme un escargot. Lui court la lande froide, chien en chaleur. Il déserte, il me fuit. Il n'aime plus ni la musique enregistrée, ni la tambouille, ni le Scrabble. Ces dernières semaines, j'ai même relevé chez mon coéquipier une tendance à l'ironie. Pire : au ricanement. Est-ce l'usage du reva-reva, dont on sous-estime les effets secondaires ? Résumons : s'il est une chose non négociable à Antipodia, c'est le rire aigre. Nous n'y avons pas droit. Ou si peu. Un filet d'eau dans le Sahara. Rire, y compris du bout des lèvres, nous ferait couler. Notre île est du sable et l'eau vinaigrée de l'humour creuserait des trous dans nos tuyauteries raisonnables, rongeant nos joints d'étanchéité contre l'ennui et la peur. Nous ne sommes que deux. Et ce serait se moquer déjà de nous... Alors, hier, par exemple, pour clore la soirée, puisque nous n'avions plus envie de jouer à la crapette ou de lancer nos fléchettes vers la cible, et que je voyais que ça allait virer à la plaisanterie, au sarcasme, j'ai tenté de reprendre la main, je me suis calé sous le logo de La Glacière, et, l'air docte, j'ai posé à mon coéquipier deux ou trois questions érudites pour qu'il n'oublie pas que je reste le capitaine à la manœuvre, et lui, le mataf de notre navire immobile.

– À quelle fréquence fleurit la *Stilbocarpa polaris*?

– Euh… difficile… je ne sais pas.

Ayant compulsé la bibliothèque de la résidence, j'ai triomphé quelques secondes, mains aux hanches, menton haut.

– Tous les trois ans. Tu devrais le savoir! Plus facile : en 1772, comment l'explorateur Marion-Dufresne baptisa-t-il l'île qui porte désormais son nom?

– Pas plus…

– Terre de l'Espérance. Et, avec toi, il en faut, mon petit bonhomme.

Jodic

Sur le versant ouest, côté pic de l'Aiglon, avant pointe Déception, j'ai eu une première cache. Je l'utilisais beaucoup à l'époque de Tonay, le deuxième chef de district, lorsque j'étouffais dans les chambres et les hangars. Je ne connaissais pas encore les vertus du reva-reva – cette plante m'aura sauvé de la mélancolie. J'avais eu l'idée de m'y planquer, afin de me retrouver, loin des jours répétés et du travail monotone, enfin disponible à l'île. Étouffer encore, si besoin, ma peine avec de l'espace pur.

À vingt minutes de marche de Possession, sur un éperon rocheux, large d'une quinzaine de mètres et long de trente, en tremplin au-dessus de l'eau, j'ai recommencé et me suis aménagé autre chose de plus conséquent, cette fois avec des pierres et des tôles, un « méditoir ».

Autour, ce n'est que vent et solitude.

Lors de sa première inspection, Gouv m'a demandé de m'expliquer là-dessus :

– Quel drôle d'édifice! Une échauguette du Moyen Âge ou un confessionnal d'église?

J'ai bougonné en expliquant qu'il s'agissait d'un observatoire... privé. Il m'a regardé d'un drôle d'air, genre *en voilà un farfelu*. De toute façon, aucun bateau n'arrivait par là. Donc, je ne ratais rien. Ma réponse a paru le satisfaire.

Je peux tenir debout dans le fût, et même assis puisque j'y ai maçonné une margelle qui sert de siège. À deux endroits, il y a une fente à hauteur des yeux pour voir danser la mer et rouler le ciel. Parfois, c'est le dos rond et soufflant d'une baleine; d'autres fois, les ailerons crantés d'un groupe de dauphins. Le cylindre est assez hermétique pour conserver la chaleur. On s'y sent dans un cocon, un ventre. Avec une bâche et des branches tressées, j'ai façonné un toit en forme de chapeau pointu.

Longtemps, j'ai aimé rester plongé dans les nuées, les vents, les brumes et les coups de chien et la meute des nuages noirs. À ruminer des heures sur ma montagne flottante, en sentinelle. À traquer aux jumelles un iceberg qui, détaché du Pôle, poussé par le courant, se serait aventuré jusque-là, c'est arrivé – mon idée étant de sauter dans le canot à moteur, de foncer vers sa masse à la dérive pour, à l'aide d'un piolet, en recueillir quelques glaçons dans un shaker. Au retour, sur ma terrasse, j'aurais siroté un reva-reva *on the rocks*. Le fin du fin à Possession ! Gouv m'aurait assassiné.

J'utilise moins mon méditoir. Pourtant, j'aimais à m'ouvrir l'esprit au ciel brassé ou à la mer, qu'elle soit furieuse, cuve remuée et chauffée à blanc ou, au contraire, étale sous la lumière grise, lent miroir zébré de phosphorescences et d'éclats de zinc. À piétiner un à un mes souvenirs comme de mauvaises herbes qui germeraient sans cesse, Virginie, nos promenades sur la corniche de Recouvrance, sa maison au toit d'ardoise à Logonna-Daoulas, où son père dans le jardin aux hortensias, un ancien cadre de l'Arsenal de Brest, me crachait ses injures dès qu'il m'apercevait au tournant, dans la Renault 5. Derrière sa haie, il gueulait : « Fils de rouge, je me suis foutu vingt fois sur la gueule avec ton père de la CGT, t'auras pas ma fille, t'as les pattes sales, va dire merci à Lénine. »

Virginie a préféré écouter son père. Elle a regardé un autre que moi de ses yeux d'amande verte, un officier de la Royale, son bel avenir, ses galons, ses mutations. Pas su la retenir, moi l'électromécano, pauvre minus. De dépit, je suis parti le plus loin possible. Pourquoi pas le pôle Sud ? Il y avait à Brest les labos et la logistique de La Glaciale. Ils cherchaient des techniciens volontaires pour aller se les geler. J'ai signé sans savoir, des deux mains, comme on se livre prisonnier.

Les soirs d'orage, surpris par la nuit dans ma tour, les arcs électriques dansent par centaines sur les vagues et leurs courbes cherchent par zigzags à atteindre la terre d'Antipodia. Leur fracas suspendu me remplit l'âme. Gong fondamental à chaque syncope du ciel. Mille dessins du grand crayon-feu... Mais, depuis quelques mois, je traîne plutôt côté est, à cause des bois, des chèvres et des plants de reva-reva.

Et j'imite l'avion biréacteur pour m'envoler, si besoin. Babetta en copilote. J'ai juste un désir de nuages. D'un dimanche ouaté, infini et lilas. D'un jour qui dise oui, sans cesse.

Gouverneur

Sans doute que tout a commencé avec cette mauvaise foulure à la cheville gauche. Impossible de marcher sans souffrir le martyre. Et même au repos forcé, les bandages, les crèmes et les onguents de la pharmacie, ma cheville ne désenflait pas, énorme et bleutée, les veines ressemblant à des vipères. Je claudiquais tel un gueux sur le parvis de la Cour des Miracles. Il me fallait ma canne, un appui, un bras, celui de Jodic. Sinon, je tombais sous la force du vent, le nez dans la caillasse dégoûtante de fientes.

Je pensais surtout me rétablir avant l'inspection annuelle : le nécessaire tour de l'île, l'observation des rivages, le décompte des oiseaux et des animaux marins, du moins une estimation de leurs colonies, des chèvres évidemment, une évaluation du massif et des zones à herbacées, l'état du matériel et celui des bâtiments, le moral des résidents. Ce rapport sert pour les envois ultérieurs de matériaux, les aménagements, en sous-main pour le crédit et le maintien de notre présence. Cruciale pour La Glaciale.

Sans ça, Antipodia perdrait de son existence. Pire, elle disparaîtrait des registres de la compagnie, des TAAF, des ingénieurs de la météo marine, redevenant ce chicot abandonné aux flots et aux vents. Orpheline. Elle ne nous serait plus rien. Mon rapport la sauve. Cet état des lieux, rédigé en termes choisis, transitera par les ondes pour gagner les bureaux de Port-Hobart, de Saint-Denis de La Réunion puis de Brest. Durant quelques semaines, il occupera la conversation des techniciens et des personnels administratifs. Le trajet de *L'Astrolabe* et les rotations de son hélicoptère pourront être modifiés. La route des navires détournée. Le préfet des TAAF décidera de prendre telle mesure. Il influera sur les Services, rattachés au secrétariat d'État, à Paris... Ces quelques notes sont cruciales puisqu'elles ont pouvoir de changer le quotidien d'Antipodia et, plus modestement, notre destin d'îliens ou de ceux que nous pourrions accueillir. Ensuite, nous plongeons dans l'hiver. Personne ne peut venir à notre aide. Nous sommes rendus aux éléments. Avec juste ma voix dans la radio pour ânonner les nuées, les grêles ou les orages, mon chant d'outre-tombe...

Cette année, j'allais faillir à ce devoir, incapable de marcher plus de dix mètres sans être mâché par la douleur. Pas foutu de sortir de la résidence et d'enfiler, par-dessus mes chaussettes en laine, chaussons de feutre et bottes fourrées. Mon pied pesait une enclume et distillait ses ondes tordues. Damné !

J'ai tourné le problème en tous sens, réfléchi deux nuits pour aboutir à une solution de fortune : avec ma taille modeste (un mètre soixante-cinq) et mon poids relatif (cinquante kilos), je ne pèserais pas grand-chose pour Jodic. Il suffisait de fixer au chariot de manutention deux harnais de ma fabrication (des sangles crantées, des boucles en acier). L'engin pouvait charger jusqu'à huit cents kilos, ainsi que mentionné sur la notice. Cette sorte de Caddie d'hypermarché en tubes d'acier mais plus large, bas, très stable, et doté de deux poignées de poussée, servirait de carrosse. Dégonflées pour l'occasion, les roues amortiraient les secousses. Jodic ajoutera des coussins, des fagots d'algues, un fond de sable, pour me caler dans la caisse grillagée. Je serai cocher et lui, cheval. Ordre du chef de district.

À l'aube du lundi, la carte d'état-major sur mes genoux, mon carnet à élastique, mon magnétophone de poche et le compteur à clic à portée de main, nous sommes partis dans cet équipage – j'avais glissé dans ma poche de poncho le browning. On avait pris deux thermos de thé, des biscuits de soldat, du pâté Hénaff. Plus une tente, les lampes tempête, de quoi faire du feu. Des chapeaux à larges bords qui protègent du soleil et de la pluie. Je m'étais emmitouflé dans le plaid écossais, rouge et or, je le tiens de ma mère. Jodic a ri. De moi.

Comme un décor de cinéma monté sur des rails, l'île a alors glissé de part et d'autre de la carriole. Nos roues couinaient dans le silence des rochers, des sables et des lichens.

– Tu peux aller plus vite…

Jodic a accéléré son allure, grognant pour la forme. Deux pas et les roues pour toutes traces.

Une fois sur le plateau, le vent nous a aussitôt entourés, tourbillonnant au-dessus de nous. Obligés de se courber pour avancer, économiser nos gestes. Ce vide m'a paru être aussi immense qu'une mer extrême. Et j'ai pensé que, cette fois, nous ressemblions vraiment à deux marins à demi noyés qui donneraient leurs derniers coups de pied au-dessus des abîmes, où croissent les poissons. Les millions de poissons aveugles et somnambules qui ne savent rien de nous.

Jodic

La bibliothèque, « sa » bibliothèque, contient ce que son prédécesseur, Tonay, n'a pas emporté : une bible, un *Robinson Crusoé* illustré par Gavarni (Libraire-Éditeur Morizot, 1881), un manuel médical, un autre de météorologie, deux ouvrages de botanique en anglais agrémentés de planches, et dans des éditions de poche, gonflées par l'humidité, une poignée de romans de Guy des Cars et d'Henri Troyat, ainsi qu'un recueil de Jules Supervielle, *Gravitations*. Il y a un album de philatélie avec, à la troisième page, sous la languette en papier cristal, un timbre rescapé : un « Amiral d'Entrecasteaux » amarante, à un franc vingt. Quelques cassettes VHS, pour majorité des films documentaires ou des instructions réglementaires, vues et revues jusqu'à l'usure. Plus le porno, dissimulé sous sa jaquette des

Migrations des espèces marines en terres australes.

Cet après-midi, j'ai travaillé dans les champs d'épinards et de choux, j'en ai rapporté près de deux kilos, et après j'ai visionné vingt minutes de *Secrètes Salopes à Dakar.* L'histoire se retient aisément : une infirmière, suédoise d'origine, Babetta Maserati, effectue son stage de fin d'études à l'hôpital de Dakar. Après avoir pris son avion (quelques vues rapides), elle débarque en Afrique et rencontre deux médecins, appelons-les les Dupont. Ces Blacks luisants et musculeux sont des praticiens attentifs. Ils lui font subir nombre d'examens et de tests afin de vérifier si elle a bien retenu tout ce que doit savoir une infirmière blanche et blonde, aux cuisses crémeuses. Dégueulasse mais on s'y habitue. Mieux, à force d'en visionner les scènes, on finit par noter tel ou tel détail maladroit qui devient émouvant : un string qui apparaît et disparaît, une larme écrasée sous la main, une voix chuchotée donnant des indications aux acteurs. Cette tenue de chirurgien en papier vert qui se déchire d'un coup de rein...

Les Dupont ont des sexes veinés, longs comme des matraques de nervis. Babetta, qui ne perd jamais son appétit, apprend vite. J'estime qu'elle a beaucoup étudié auparavant, à Stockholm, elle aura son diplôme de fin d'études. Elle crie dans les couloirs carrelés de l'hôpital dakarois. Notamment lorsque ses deux patrons la placent dans la chaise à étriers ou sur une table d'opération. Il y a un épisode mémorable avec une machine à pédales qui actionne un godemiché, et Babetta aime le vélo. Et un autre lorsqu'elle est présentée à un groupe de six étudiants, garçons et filles méritants et méticuleux, avides de vérifier eux aussi leurs connaissances. Une fois ou deux, Gouv m'a demandé de baisser le son. Il ne pouvait plus lire Supervielle sur la terrasse de Possession. Moi j'étais perdu, je ne savais plus trop qui faisait quoi à qui...

Nous nous partageons Babetta, Gouv et moi, j'oublie les médecins. On en a parlé une fois et nous restons sur cet accord, déjà passé avec Tonay, l'autre chef. S'il ne nous est pas possible de visionner le film de concert, chacun en use à sa convenance. Après tout, Babetta est l'unique femme d'Antipodia.

★

Le jour de l'inspection, nous sommes partis à quatre heures trente en direction du bois Jospéhine et de la pointe Austerlitz. Puis, d'est en ouest, vers la pointe Déception, en passant à l'aplomb de la chaîne des Quilles. Le pic Napoléon était superbe, couvert par ses premières glaces. L'Aiglon aussi, plus découpé, avec sa paroi violette. On a eu à lutter long-temps contre le vent. Puis le ciel d'Antipodia montra pour une fois son bleu de faïence, calme et lessivé. De grands spots de lumière crue tom-baient des nues. Quelques colonies d'oiseaux avaient déjà quitté nos rivages pour les zones plus tempérées du nord, l'hiver arrivait. Mais il en restait. Gouv a évalué leur population à dix mille individus, toutes espèces confondues. Leur zone de nidification et d'activité est limitée : elle correspond à une dépression du terrain, protégée naturellement, blanche et brûlée de fientes. On l'a contournée. Nous n'entendons plus leurs piaillements, ces stridences qui imitent des notes de hautbois contrariés, des demi-coups de cymbales.

Nous nous sommes accordé une pause dans le bois afin de dresser l'inventaire des arbres et évaluer les zones d'herbacées, puis nous avons poussé jusqu'à la pointe. Le navire est toujours en bas, déglingué. Une quinzaine de chèvres, peut-être vingt, hantent ces parages, vers l'à-pic. Ces derniers mois, elles ont eu l'air de déserter la zone des mégaherbes pour se replier vers cette partie reculée. Elles ont peur. Ces chèvres sont les descendantes des quatre bêtes qui ont été amenées par un navire. Pareil aux vaches de l'île Amsterdam ou les mouflons et les rennes des Kerguelen, elles ont été importées afin de subvenir aux besoins d'un équipage en détresse. Mesure de secours, geste humanitaire. Mais elles se sont multipliées et s'attaquent aux plantes endémiques. Un casse-tête. D'autant que La Glaciale nous en a interdit la chasse. Un soir, j'ai suggéré à Gouv que nous pourrions pousser plusieurs animaux vers le ravin, on en serait débarrassés, ça casserait le rythme de la reproduction. Mais il faudrait organiser une battue, et nous ne sommes que deux. Sa réponse a été ferme :

– On touche pas à ce garde-manger vivant. Tant que je n'ai pas d'ordre, je ne fais rien. Tu imagines : un autre naufrage, l'hiver, les provisions à plat, la surpopulation, des comportements inconsidérés ? Tout ça sur la conscience ? C'est à cause de la tragédie de *L'Aurora* que les autorités ont introduit ces animaux...

Je n'ai pas osé lui avouer pour ses biquettes : j'avais pas attendu les avis des bureaux, y avait une urgence pour le reva-reva. Manquerait plus de ne pas avoir de quoi me préparer ma décoction ! J'en ai déjà quatre dont les dépouilles pourrissent à l'écart. Mes flèches d'Indien les ont transpercées.

Côté pointe Déception, à l'ouest, l'île est moins tourmentée. La chaîne des Quilles impose son impassibilité à deux hauts plateaux semés d'une lande rase, où chaque bruit, chaque écho devient singulier. Quelques éperons se hasardent dans le vide. Sur l'un d'eux, les ruines de mon « méditoir ».

En poussant plus au sud, il n'y a que les éléphants de mer et les pingouins, blottis et massés sur une grève de galets. On les entend râler et couiner, à environ cinquante mètres en dessous, dès que l'on abandonne l'ombre triangulaire du pic de l'Aiglon. Les animaux se regroupent en contrebas, par dizaines, parmi les amas de rochers patinés. Sur cinquante mètres, une autre arête, en balcon rocheux, nous en dissimule la vue – il faut pour les approcher ramper pour ne pas être en prise au vent et plonger son regard dans le vide. Leur odeur musquée reste prégnante. Elle peut se répandre par zones. Infectes.

À l'horizon, on a aperçu plusieurs baleines remontant plein nord. Dans les jumelles de Gouv, j'ai vu jaillir leur souffle brumeux entre les crêtes. Une présence de plus. Un message de confiance du monde.

– Trois baleines à onze heures. Ça souffle !

Gouv était tout joyeux. Il trépignait dans la

carriole tel un môme au manège. L'ai amené au bord.

– Fais voir ! Passe-moi les jumelles.

Si la mer n'avait pas été si froide et cette partie du rivage aussi inaccessible, j'aurais aimé plonger et nager à leur rencontre, après les prairies flottantes des laminaires. Pour les guider et les accueillir dans notre baie.

On a marqué une pause. À ce moment-là, la lumière était d'un rose rompu, pailletée sur la mer triste, sur laquelle elle avait semé des millions de pépites flottantes. Par contrariété, les rochers du large imitaient le plomb fondu.

– Quelle inspection !

Ensuite, ça s'est gâté. Après le thé et les gâteaux. Car, lorsqu'on a voulu rebrousser chemin, l'un des deux harnais a cassé. Voilée, l'une des roues du chariot coinçait déjà. Impossible de poursuivre et de passer sur l'autre versant, vers pointe Austerlitz, pour aller compter les chèvres.

Bien obligés, on a laissé là nos affaires. Gouv a pris le carnet et le compteur, une lampe tempête car la nuit tombe vite sous ces latitudes. Et il a conclu, mi-bravache, mi-emmerdé :

– Pas trente-six solutions !

– Pardon ?

– Je peux pas marcher et toi, oui. Je peux rien porter et toi, si.

Conclusion : ce serait moi la monture.

Je me suis énervé, d'abord. J'ai tonné :

– Suis pas esclave. Tu te démerdes !

Gouv ne s'est pas démonté car il estime qu'il pèse peu.

– Si tu n'y arrives pas, tu retourneras à Possession chercher des outils. Ça prendra deux heures, de quoi réparer, la nuit tombera, on restera là jusqu'à demain, dormir dans le vent, pas envisageable…

Alors j'ai essayé. Une plume, en effet. Dans mes bras, Gouv a le poids d'un enfant ou d'un gros sac militaire. Avec le harnais restant, on a fabriqué des étriers sommaires, la sangle passant sur mon cou. Et Gouv s'est juché sur mon dos, ses jambes contre mon flanc, ses pieds dans le tissu fendu au couteau.

J'ai marché sans effort quelques mètres.

J'ai même couru. Et je n'ai ressenti ni honte, ni humiliation, car je le portais comme l'aurait fait un père avec son enfant blessé, un saint Christophe son Christ dans les remous crémeux de la rivière…

Nous avons dévalé vers la pointe Déception. Là non plus, il n'y a pas d'arbres, rien que cette étendue caillouteuse déclinant vers le rivage. Le vent y est roi. Nous étions semblables à des astronautes sur une planète inconnue, à progresser dans les herbes froissées puis sur cet à-plat criblé d'anfractuosités...

En bas, la mer emplissait tout de son aura et de son lent crescendo, elle se confondait avec le ciel, tous deux d'un gris profond, étales jusqu'à l'horizon. Deux espaces plans superposés. Deux blocs et deux vides.

Gouv m'a demandé de ralentir et, se dressant de son pied valide dans la sangle, il a murmuré :

– L'œil par lequel tu vois Antipodia est le même par lequel Antipodia te voit.

Je n'ai pas bien compris mais j'ai trouvé ça intelligent. Je l'avais ressenti confusément.

Il a voulu alors descendre.

Il a laissé son chapeau et son carnet de notes.

Claudiquant, il s'est approché le plus possible, avant le gouffre. Il s'est allongé en se cramponnant à une touffe d'herbes rases.

Puis il a plongé sa tête dans le vide, le vertige de la côte, le ahanement de la mer, et, au bout de trois minutes, il s'est redressé sur les coudes, étourdi, hors de lui-même, son esprit avait flotté au-dessus de l'abîme, il avait plané par-dessus les roches et les embruns, rejoint les baleines dont il avait accompagné la nage puissante et souple, peut-être avait-il poussé jusqu'aux terres antarctiques, volant au-dessus des flots striés de noir, cette masse glacée qui courait sur des dizaines de milliers de kilomètres carrés sans qu'aucun frein, qu'aucun écueil ne la ralentisse, et il était revenu en boomerang se fracasser sur les falaises d'Antipodia, prisonnier de lui-même, prisonnier de l'île.

Tout décoiffé, le sang aux tempes, avec sa barbe en pointe et ses yeux de biche, Gouv avait une drôle de bobine. Ses yeux avaient viré au bleu pâle. Flous. Avec de l'eau dedans. Il tremblait. Il pleurait en silence. Bouleversé.

– Ça va aller?

– Infini ce truc, non?

Une fois encore, Antipodia nous anéantissait. Antipodia nous donnait à vivre.

– Allez, rentrons. Tant pis pour le comptage des chèvres.

– Elles n'ont pas bougé de toute façon.

En fin d'après-midi, revenus fourbus aux baraques, après un bon thé chaud et des biscuits, Gouv s'est installé au bureau qui donne sur l'anse Possession. Là, en reprenant ses notes, en recalculant nos évaluations, il a rédigé son rapport, le deuxième de sa carrière de chef de district, le meilleur jamais écrit.

Une heure plus tard, alors que je passais un coup de balai dans la Salle dorée, il m'a déclaré, sa cheville plongée dans une bassine d'eau chaude :

– Sans toi, mon François, l'île était foutue !

J'ai pris ça pour un compliment.

À dix-neuf heures, il a dicté le texte à la radio, la communication était bonne, sans trop de friture. La scripte de Port-Hobart l'a enregistré sur un fichier informatique. J'ai écouté. En résumé :

« Pas de pollution marine, pas de visiteur, pas de navire à l'escale. Des populations animales stables. Le bois n'est pas endommagé. Le cheptel des chèvres (une grosse douzaine) paraît intact. L'épave de *L'Aurora* (d'après le relevé de Jodic) n'a pas été emportée au large. La base de Possession reste opérationnelle. Le moral des deux occupants est bon. Les vivres et provisions ne sont pas abîmés. Les bâtis se montrent solides même si l'un des toits de hangar montre une fissure, et qu'un froid sifflant passe sous trois portes. Seul bémol : la balise verte du chenal sera à repêcher un jour ou l'autre. Nos positions sont fermes, la mission assurée.

Signé : Albert Paulmier de Franville et François Lejodic. »

Antipodia poursuivrait sa route silencieuse et immobile. L'hiver pouvait cingler sur nous. Sur la radio, le haut-parleur a grésillé, une loupiote a clignoté, deux aiguilles dans les compteurs ronds et gradués se sont affolées :

« OK, bien reçu, all right, grrrr, merci, bon courage, grrrr, bon hivernage, terminé. »

En récompense, je m'offrirai les cris pointus de Babetta. Ainsi, je ne penserai plus à Virginie dont l'ombre et les mains me reviennent avec le soir.

Jodic

Sur la glace, dès les débuts, j'avais eu froid dans le dos.

La base Dumont-d'Urville, passe encore, avec ses Algeco et ses gros pilotis le long de la côte antarctique, mais le Dôme A-16! Pourquoi accepter ça? À cause de Virginie? Le plus possible loin d'elle et de son souvenir, peut-être, mais alors là, j'avais fait fort... Une base polaire!

Deux octogones de trente mètres de haut, blancs avec des carrés rouges, posés sur vérins hydrauliques et rivetés dans le permafrost, à sept cents kilomètres du rivage. Autant dire, au centre de rien. Du rien avec deux points d'acclamation : nous, nos tubes – le «Vie» et le «Labo» – hérissés d'antennes, reliés entre eux par des gaines techniques et des passerelles étanches. La première fois, dans ma capuche, à travers le pare-brise sali du tracteur chenillé qui allait nous y déposer, je me suis exclamé :

– Mince, des fusées !

– Sauf qu'elles ne décollent jamais !, m'avait répliqué le mécano derrière moi, goguenard.

À l'intérieur, sur trois niveaux capitonnés, l'aménagement était optimisé façon boîte de Vache qui rit : rayonnant d'un moyeu central contenant l'escalier, se répartissaient en blocs triangulaires nos chambres, la cuisine, la salle de sports et les sanitaires et, dans le second octogone, les bureaux et les labos. Au deuxième étage de chaque tour, un espace commun, salle à manger ou salle de réunion, était aménagé.

Lever à six heures, coucher à neuf. Briefing du matin, débriefing du soir, obligatoires. Repas à sept heures, onze heures, dix-sept heures trente. Une routine de pénitencier. Haute sécurité. Précisons qu'on avait la nuit continue dans les hublots quatre mois par an, et que, dehors, sur le désert hivernal, ça tapait ses moins soixante-cinq degrés.

À mon goût, même si ça s'était pas mal passé, on était trop nombreux à hiverner : douze. Onze hommes et une femme. Des astronomes, des glaciologues, un climatologue, un médecin-psychologue, un cuisinier, des techniciens dont un chaudronnier, un plombier-soudeur et l'électro. La femme, une Martiniquaise. Cheveux ultracourts, tenue réglementaire, pas un milligramme de maquillage, pas un sou de féminité, adepte du bodybuilding. Un leurre. Il y a bien eu trois ou quatre échauffourées pour des broutilles, un gâteau d'anniversaire, une bière renversée, un tournevis cassé. Ça part vite en vrille quand la nuit dure cent vingt jours.

Les sorties étaient rares. Trop éprouvant pour le corps et le matériel, ou pas plus d'une heure dans des combinaisons spéciales et en suivant des *process* compliqués. Dehors, c'était la Lune. Crevasses, mers pétrifiées, vents polaires, du copié-collé sur des milliers de kilomètres. Pas question de s'attarder. Dedans, à peine mieux : la lumière électrique permanente, le sifflement du chauffage, le bourdonnement des groupes électrogènes, les odeurs qui stagnaient, la musique enregistrée de l'un ou l'autre, les humeurs. Plus qu'une hâte, en attendant l'été où les températures redevenaient plus clémentes : se glisser dans sa bannette, dans sa portion de Vache qui rit, et tuer des heures supplémentaires devant des vidéos ou avec des cachets. Condamné à la glace, à la nuit. Pas possible de s'en sortir. Pas possible de sortir. À ruminer. À se renifler. Et l'homme, en survêtement et en meute, il sent pas bon.

Au Dôme A-16, ça me plaisait bien de discuter avec les deux astronomes. Ils avaient récolté des minimétéorites prises dans la glace, il y en avait plein, avec un pourcentage équivalent aux fruits confits dans la Plombières, mais sans le kirsch. Ils appelaient ça des essaims. Une mine! Des cailloux voyageurs tombés du ciel! Et le professeur Guénec, celui qui, le premier jour, avait laissé ses cils collés sur l'objectif du télescope glacé, nous avait expliqué comment marchait le cosmos. Du moins ce que les savants en déchiffraient. C'est la seule fois où, lorsque nous avons parlé plus tard, ma conversation a paru enthousiasmer Gouv. Il ne voulait plus se coucher et scrutait aux jumelles les étoiles du ciel.

— Et celle-là? À gauche, regarde, son nom?
— Pas plus que celle à droite.
— Cet amas, là, plus loin, on dirait un archipel. Fascinant!

Par contraste, la minuscule Antipodia, sur la route du retour, m'a été une délivrance. Une base météo? Parfait! Y avait une vacation de libre, je l'ai prise sans réfléchir comme on changeait sa monture harassée à un relais de poste. Des montagnes, de l'herbe haute, des arbres feuillus dans les creux et des oiseaux, des langoustes, des phoques, mais aussi une rivière, des fougères emperlées, des fleurs où l'on boirait la rosée à même leur calice, un troupeau de chèvres, pas mieux pour évacuer mes idées noires.

Dans la timonerie du bateau, je humais déjà la belle à des kilomètres de distance. Un paradis salé et austral.

Que pouvais-je rêver de plus intense? Je me voyais chasser et pêcher, transformé en trappeur. Et courir droit devant moi, à perdre haleine, parmi les cailloux étranges et les entortillements d'algues, les yeux mouillés dans le vent, heureux comme avec une autre femme...

Moïse

Il aurait pu nous le cracher avant, ce salaud. Non, il a attendu que nous soyions en mer, à des jours et des jours de l'île Maurice, il avait mis le cap vers Saint-Paul et Amsterdam, autant dire le cul du monde, pour nous annoncer le machin, à Galou, Pelé, Hector et Edward, Tizozé et à moi : le *Dodo IV* allait être racheté par une autre compagnie. Peut-être pour transporter du bétail ou du minerai vers Madagascar, un vraquier, quoi. Y avait en plus des Français de La Réunion sur le coup. Et si lui restait capitaine de la plus belle et plus grosse unité de la compagnie Mascareignes, nous on irait direct au chômage, les marins et les « frigo boys », on savait que poser et tirer nos filets ou jeter de la glace avec les pelles. Les bancs de Saya de Malha et de Nazareth ne rapportaient plus, sans parler des remboursements à la banque de

Port-Louis, du certificat de navigabilité à revoir, et le cours du poisson, la chute libre, une catastrophe. D'ailleurs à Maurice, il restait pas plus que six bateaux armés pour la pêche, dix-huit il y a cinq ans, un secteur sinistré. Alors dans un silence de mort, on a terminé la rougaille sounouk et le riz ration et, en raclant avec nos cuillères les dernières bouchées, l'humeur a monté. Comme s'il y avait eu trop de piment au fond des gamelles en fer.

Ce capitaine Raymond, faut avouer que j'avais jamais pu le piffer, il savait à peine se servir du radar, il nous houspillait avec des mots anglais, il parlait même pas créole, et quoi qu'il en racontait à bord de la fierté de la compagnie, il ne connaissait pas les parages de l'océan Indien. Alors je le lui avais dit, et plus d'une fois ça avait failli mal tourner. Pour s'en défendre, il me jurait que j'avais le mauvais œil, il m'appelait le Chag, exprès. Mais là, au quart de nuit, poussant plus à l'est, toujours plus à l'est, histoire de rattraper quelques merlus qui n'auraient pas compris que nous portions sur nous la poisse, la peste et le choléra, alors qu'on était tous deux dans la lueur troublée de la timonerie, les autres partis jouer aux cartes sous le gaillard avant ou roupillant dans leur couverture, écœurés par cette compagnie qui nous employait si mal (Tizozé au bord des larmes et le Galou qui tournait ses mains dans tous les sens comme si déjà elles ne lui appartenaient plus, car Raymond lui avait dit qu'il irait « vendre ses bras ailleurs »), bref, alors que la radio grésillait comme un bourdon, et que le capitaine façon d'en rajouter une couche m'avait rappelé que j'avais toujours été un incapable, un assisté de la vie, que j'avais eu beau avoir été scolarisé à Maurice j'avais pas retenu, que j'effrayais jusqu'aux bébés poissons, « les Chagossiens tous des raclures, à peine bons à se baisser pour ramasser la noix de coco ou à dépenser les indemnités données par les Anglais à cause de la base aérienne », oui, le chômage c'était ma vraie maison à quarante-huit balais sonnés, j'étais au rebut, juste bon à faire le malin le samedi à la discothèque de Pointe-aux-Sables ou à celle, cimentée et éclairée par des néons dans les eucalyptus, de Baie-du-Tombeau, là où tournent les plus capiteuses donzelles, j'étais ridicule à courir après la jeunesse, si ça se trouve je ne bandais plus, inutile quoi... Alors j'ai plus senti mon humeur, ma fierté d'homme n'a fait qu'un tour, mes poings m'ont pesé comme des marteaux, je me suis approché de sa face hilare de métis, je l'ai toisé, il m'a toisé, j'ai vu ses dents de chèvre striées par la nicotine, « ça va pas fort le Chag?, tu as mauvaise mine, et toi pas bonne haleine, t'as bu du jus de poubelle? », et tout s'est enchaîné vite, trop vite. Je lui serrais déjà le col du faux polo Lacoste, ma main s'était plaquée sur sa face pour la lui écraser comme un rond de flan, je sentais le cartilage de son pif craquer sous ma poigne, et c'était comme s'il avait une hémorragie des joues jusqu'au menton, et même en me balançant des coups de genoux dans le ventre, je gardais l'animal à distance, au contraire je ne le lâchais plus de mes deux bras tendus, je serrais fort, plus fort, plus fort encore, je le dominais de toute ma masse, de tout mon poids, de mon désespoir et de ma haine de Noir pour ce demi-Blanc, il s'affaissait peu à peu sous ma charge. Et Papa Raymond ne rigolait plus. Il avait deux ou trois veinules du cou qui allaient exploser et sa langue qui lui sortait en imitant un concombre de mer. Mais en se débattant ce salaud a fini tout de même par saisir la Maglite qui traînait sur le pupitre avec les cartes marines et les paquets de biscuits Marie, une lampe torche gros modèle en acier, et là il m'en a asséné un coup sur la mâchoire, de quoi assommer un bœuf, j'ai reculé, il m'a rejoint sur le pont, et ça gîtait pas mal dans cette zone australe, et à ce moment-là, je ne sais plus comment, mais Raymond brandissait non plus la torche mais l'une de ces perches en bois qu'il tenait comme un sabre laser de Jedi, et j'ai tout pris en pleine poitrine, le bâton et sa poussée car il avait foncé vers moi tel un chevalier du Moyen Âge lors des tournois, ça m'a bouté par-dessus le garde-corps, je n'avais plus d'équilibre, ma tête a cogné sur le bastingage, l'eau m'a happé, et j'ai vu bouillonner l'écume brassée par les hélices du *Dodo IV*, un cauchemar. J'étais à la flotte, pris par le jeu haché des vagues, les vagues roulantes, il y en avait tellement, j'ai nagé par réflexe, mais c'était un autre monde, les feux du bateau atténués par la houle, l'eau salée dans les sinus et les yeux, la mer noire comme les flacons d'encre de Chine que nous vendait Sik Yuen le Chinois de Curepipe, et le ciel bien posé par-dessus comme un couvercle. Et j'ai compris que Papa Moïse allait mourir, ce gars qui avalait tasse sur tasse c'était moi, carcasse souffrante, sirène hurlante dans les oreilles alors qu'il n'y avait plus aucun bruit, juste le clapot de l'eau, saisi par le froid et un affreux coup de fatigue, les secondes dans le mauvais sens, les minutes, déjà un quart d'heure dans la flotte, j'avais eu le réflexe de me défaire de mes bottes, merde, nager encore, j'allais me noyer, c'est-à-dire me débattre, flotterait plus bientôt que mon souvenir…

Puis j'ai aperçu la perche, à dix mètres de moi, et je me suis dit que non, c'était pas fini. Elle était tombée à l'eau dans notre lutte. Une grosse perche d'au moins dix kilos, longue de trois mètres environ, cerclée de huit flotteurs en liège, que l'on utilisait de bateau à bateau pour accoster ou pour sonder les bancs de sable ou bien on la plantait entre les rochers, à faire le drapeau avec un mouchoir pour signaler nos casiers. Je m'y suis accroché comme un insecte. D'abord, à califourchon façon sorcière dans les contes, mais ça n'a pas tenu. Je devais alterner : poser mes bras dessus ou, en faisant la planche, en appuyant ma nuque comme sur un oreiller de bois, sa longueur et sa stabilité me donnant un confort relatif, une fois que j'avais rassemblé les flotteurs au centre. Alors, enfin, je reposais mes jambes tétanisées. Et mes yeux fixaient les étoiles qui luisaient, des yeux jaunes de fauves qui avaient faim.

À l'aube, tasse de café fumant sur le pupitre, le capitaine Raymond avait feint de s'alarmer : « Je n'ai rien vu cette nuit, ce qui s'appelle *naryen*, le nez dans les instruments ou j'ai dû m'assoupir, le *Dodo IV* en automatique, il devait être sur le pont arrière à ruminer l'annonce, sans doute le Chagos s'est-il suicidé, un accès de désespoir ? S'il est tombé il y a quatre ou cinq heures, où dérive-t-il maintenant ? » Pas une chance. Pas la miette d'un début de possible. Et les autres, affolés sur le pont, Tizozé et le gros Hector tournant comme des toupies : « Pas possible, il est total loss ou quoi ? Au moins, faisons marche arrière ? » Et le capitaine, le col de son polo remonté pour dissimuler la trace bleue de mes doigts sur son cou, d'ajouter en allumant un clope : « N'y comptez plus, les gars, je sais, un drame, une chance sur un million de lui remettre la main dessus, d'ailleurs on va rentrer plus tôt à Maurice, j'oublie Saint-Paul et Amsterdam, l'austral ne pardonne pas, ce serait pas cool d'être pris par les vents du Pôle, il faut digérer l'aventure, l'accident de Moïse et la vente du bateau, alerter les autorités, je vous paye un coup de rhum, heureusement il n'avait pas de famille, à croire que c'était écrit, on ne peut pas lutter contre le destin, savez, ni contre la vie qui va son chemin, allez, on change de cap, les parages sont pas bonnards... »

Gouverneur

À Possession, dans le confinement des baraques, sous la loupe noire de chaque instant, mon exil a une odeur, en particulier dans la chambre et le salon. J'aurais du mal à la définir. Un mélange d'iode vicié (comme dans ces villas du bord de mer, closes l'hiver), de relents de nourriture, de parfum d'algues en fagots, d'antirouille et d'huile à moteur. Je crois que je ne pourrai pas l'oublier. Comme un tango *notturno*... Il y a aussi les mouches, des bleues, assez grosses, entêtées, qui tournent autour des phoques et souvent nous assaillent. Leur bombinement agacé est caractéristique. Heureusement, le froid les tue. Au pied des fenêtres, il me faut les ramasser par dizaines à la balayette, mortes, craquantes. Elles réapparaissent au printemps, goulues de tout, goulues de nous.

L'alcool me manque (il n'y en a pas). Je veux parler de l'alcool fort, qui vous dévisse la tête, vous fait tituber et cogner dans les escaliers, jusqu'à apercevoir Dieu partout, son visage tranquille et multiplié dans les plantes, la bruine, les sternes, le gravier, les poils du paillasson.

Le tabac, parfois (tout fumé, tout chiqué). Nuages, nuages, nuages, je suis volutes, j'ai été fumée...

La gastronomie? Si peu. Un spartiate en ce domaine.

La lecture, plus du tout. Ça ne tient pas le coup face au vide sidérant. Peut-être quelques chapitres de botanique à titre documentaire (aucun plaisir) ou un brin de poésie (rare). J'ai noté ce vers de Supervielle : *Endurer tout l'univers avec son sourd mouvement.* Ce que je m'apprête à subir encore, après un an et demi sur cette île.

La multitude, idem, quelquefois. Déambuler dans une artère de Singapour, sur Bras Basah Road ou South Bridge Road, au milieu de vingt mille humains affairés. Prendre un escalator grouillant à la sortie des bureaux. Humer tous ces corps ensemble, frôlés, frottés, par trente-cinq degrés. Manger avec eux, serrés, coude à coude, dans une cantine enfumée des nouilles de riz dans un bol bouillant. Siroter un verre dans un bar tamisé, aux recoins confus. Suivre l'une de ces femmes en robe fourreau, une orchidée éclose dans ses cheveux profus, guettant son taxi juste avant les bouffées de pluie, la tiédeur anis du soir, la virgule sanglante du couchant. Rouler sur la digue dans une voiture couleur dragée, la radio du chauffeur distillant une danse épicée et lente. Et aux feux rouges, après la baie sinueuse qui a emmagasiné la chaleur, regarder encore passer cette foule colorée, affairée et souriante, robes orange et parme. La belle multitude... Il m'arrive de me réveiller en sursaut et d'avoir peur d'être si seul. À cause de la nuit et du froid tombés de chaque côté des murs. Cette nuit raide comme le cadavre du jour, et qui coucherait avec moi. Je repense alors au capitaine de *L'Aurora*. À son squelette coincé sous une pyramide de galets. Lui n'est-il pas moi, déjà?

L'amitié? Pour un ami, combien d'indifférents (une autre fois, s'il te plaît), d'arrivistes (aide-moi, tu le peux) ou d'ennuyés (distraismoi, tu es si drôle)?

Le sexe, plus vraiment, non. Babetta fait l'affaire. Comme un taulard, je me suffis. Et je n'ai pas d'imagination ou de visages neufs pour m'exciter. J'en ai conclu que l'appétit se nourrit d'exemples, d'objets, sinon il se tarit... Quant à l'amour, je ne crois plus à cette romance, ne me faites pas rire, à cinquante-deux ans! Solange avait compris. Elle est partie pour un antiquaire du faubourg Saint-Honoré qu'elle a quitté pour un banquier, remplacé par un vendeur de téléphones portables, ces types amassent des fortunes, plus que les prothésistes dentaires. Le seul moyen de s'illusionner sur cette fadaise, c'est de changer de partenaires, renaître entre d'autres bras, dans d'autres ventres. Mais à Antipodia...

Les animaux de mon enfance, si, je l'avoue. Pas comme ces abrutis d'éléphants de mer à la reptation obscène et autres otaries en tas. Un exemple? Ce loup duveteux, venu jusqu'à la maison en pierre sèche à la lisière du massif des Cévennes – nous y passions chaque Noël avec mes parents et mes deux frères –, son pas compté laissé dans la neige, au débouché de la forêt de sapins plus noire que lui, il avait faim. Et qui, à travers la fenêtre embuée derrière laquelle je me tenais, engourdi de sommeil, planta ses yeux jaunes dans les miens. J'étais en pyjama de coton avec des chaussons décorés d'une tête de clown, un épi dans les cheveux et un peu de morve au nez.

L'austral a la vertu de balayer tout. De ramener à l'os. De dénuder les nerfs, d'extirper le gras et de trancher la barbaque du quotidien. De réduire les choses jusqu'à leur noyau, l'essentiel. Par ces latitudes, on n'est pas à vif, non, on tourne au ralenti, sur le minimum vital. Et ça suffit bien.

La musique me manque, certes, d'autant que l'électrophone est cassé. Il m'arrive de capter à la radio quelque concert donné à Sydney ou en Afrique du Sud. Il parvient jusqu'ici lorsque le vent ne brise pas ses mouvements en deux ou ne les enrobe d'un tunnel de laine de verre. Je me souviens de cette musique symphonique qui vous emporte, Mahler, Debussy ou Richard Strauss, ou la très pure et nue, façon Glenn Gould au piano solo jouant les *Variations* de Bach, qui vous drosse à la côte, vous posant sans cesse l'équation terrible de ce qui est et de ce qui n'est pas. Et puis la voix qui chante, la voix de l'autre qui vous emplit comme une onde, un suc, du sang. Un *Stabat Mater*, non ? Le grain de la voix. Le sablé de la voix. Ce souffle flûté ou rauque, qui monte et descend, entraîne, aimante. La voix filin, stylet ou baume.

Une femme, autant que je me le rappelle, c'est d'abord une voix. Pas ces voix sèches et administratives, truffées de codes et de sigles, qui me répondent comme des robots à l'autre bout du micro, non, mais une voix rubis, seringa, moiteur, une voix caresse, touffe et eau vive. Une voix vivante posée sur la mienne, vivante, qui compterait avec moi le temps glissant sur nous, ouvre et ferme nos quatre paupières, ouvre et ferme nos quatre mains. *Dors, petite, plus grande que moi, tes jambes pliées sur mon ventre, ma bouche qui boit ton souffle, cette buée nouvelle...* Comme les autres, j'ai fantasmé sur celle de l'actrice Delphine Seyrig. Et puis j'ai préféré la voix de femmes plus jeunes, ce pépiement aigu, chant de serins, cafouillis de plumes et de becs, petites haleines de menthe, de sommeil et de chewing-gum Malabar...

Ça m'a valu des ennuis. La police de Singapour m'a notifié que j'avais été pris sur le fait, à trois dans cette chambre du Deep Water Hotel, sur Marina Station Road, un palace avec vue sur le port, stupide d'ouvrir, je n'avais rien commandé au téléphone, « *Room-service room-service, your french champagne and your scottish salmon* », ils insistaient derrière la porte, les flûtes en cristal tintaient sur le plateau, j'ai déverrouillé le loquet nickelé croyant avoir gagné un prix, une tombola, du genre « vous êtes le millionième client de notre établissement », naïf que j'étais, et les flics, commissaire en tête, se sont engouffrés dans la pièce, à coups d'épaules, de coudes, le pétard au poing, surtout « *don't move, I said don't move, bloody guy* », flagrant délit, tu es pris, arrête ton cinéma, OK. Ils ont dressé le constat. Des gosses, treize, quatorze ans, comment savoir, ces Asiatiques n'ont pas d'âge, mais elles étaient pubères, je le certifie, j'ai vu. J'ai moi-même la taille d'un enfant. Juste les années en plus. Oui, je suis un môme vieilli. On me dit que j'ai mes yeux pour moi, des yeux d'un bleu pur, deux gouttes de métal poli, des yeux d'alpiniste, le genre brûlé par les parois, ça m'a valu des succès, ils peuvent être expressifs. Et mes mains si fines, des mains d'artiste. Mon ex-épouse, Solange, me certifiait qu'elles étaient translucides sous une lumière trop forte, on suivait le cours de ma circulation sanguine à travers, le trafic des globules dans mes phalanges et dans mes paumes. J'ai la peau délicate comme un chien xolotl. Du papier peint. Elles se froissent. Je ne peux pas porter quelque chose de pesant ou de coupant, je me blesserais. Ce doit être ma très ancienne noblesse, les Paulmier de Franville, l'amiral, et avant le Grand Intendant, sans oublier l'abbé de Louis XVI, jusqu'à ce page de saint Louis, chevauchant à quinze ans dans le sillage des armées saintes, qui sera occis d'un coup de lance aux croisades. Il fut enterré roulé dans le pieux drapeau au milieu des sables musulmans – dormant sous les fleurs de lys, mille étoiles cousues dans le tissu, son ventre suintant par la blessure aux lèvres cerise. Non, on n'a jamais eu l'habitude des champs, des fermes et des moissons, de la houe et du râteau, on avait nos gens pour ça. Pas comme Jodic. Un roc, celui-là, modèle bûcheron du labrador, des pattes en battoirs. Il étranglerait n'importe quoi…

Oui, admettons, je puis être diaphane. Et tendre comme un faon. Et si je voulais jouer à papa-maman avec mes sœurettes asiatiques, alors, elles étaient consentantes, leurs parents aussi, j'avais payé en conséquence, où se cachait la grimace du diable ? Il aurait fallu disparaître ou me saisir de mon browning et tirer dans le plafond pour les effrayer. Passer à travers les murs comme dans la nouvelle de Marcel Aymé, me retrouver loin et dans la rue, à héler du trottoir un taxi, chemise ouverte. J'ai bien essayé de me planquer sous la boule des draps du lit *king size*, tenté de m'enfermer dans la salle de bains, voulant profiter du carreau du vasistas ou du conduit d'aération pour…

Pas réussi. Les flics m'ont tiré par les jambes et asséné trois coups dans la tronche du canon de leur flingue, deux pour les filles et un pour moi. Le commissaire m'a posé son godillot sur le ventre, histoire de m'immobiliser, varan échappé de sa cage. Avant de m'asséner sa matraque.

– Alors, sahib Roméo, elle est bien dure celle-là aussi ? a-t-il ajouté pour la note d'humour.

Tout le monde a ri, même les filles, sauf moi.

Ensuite m'ayant menotté, ils m'ont porté, deux pour les pieds, deux pour les bras, moi à l'horizontale, j'ai vu défiler les néons dans le couloir, et les lustres dans le hall où s'attardaient des clients ébahis qui cherchaient des putes pas chères, avant de me jeter sans ménagement dans le fourgon. J'étais en caleçon et en tee-shirt, celui marqué *I love Paris,* une tache dessus. Singapour est une drôle de ville. On a filé par Collery Quay et Stamford. Le dépôt est sur Orchard Road. Je n'ai pas reconnu la rue sous mes hématomes.

Lors de mes quarante-huit heures en tôle, j'ai compris que c'était sur dénonciation du standardiste ou du liftier que j'avais été piégé. Une affaire montée et calculée, car les parties de jambes en l'air, ce n'est pas un problème en Asie... Ils m'ont certifié qu'ils possédaient d'autres clichés, une autre nuit, dans ce même hôtel en bord de mer, à croire que la chambre était truquée, que le miroir face au lit cachait un double fond et un appareil photo automatique. J'ai voulu soudoyer tel ou tel, jusqu'à mille dollars américains.

Averti, emmerdé, l'ambassadeur de France a tenté d'étouffer l'affaire. Mais, là, des lycéennes dont j'achetais depuis trois semaines les culottes en dentelle pour les renifler, c'était trop! Les Singapouriens en ont rajouté, ils voulaient un exemple. Un article est paru dans le *Singapore Times*, avec ma photo, finalement ils m'ont évité l'infamie du procès. J'ai été expulsé par le premier Boeing pour l'Europe. *Le conseiller français pris la main dans la…* Je paie pour ça. Ou alors je n'ai pas proposé assez pour enrayer la machine. Avec le double de biftons, je sauvais ma tête.

★

Avant-hier, Jodic a perdu sa serpette dans les champs des mégaherbes. C'était la seconde fois. Il n'a pas eu l'air de s'en soucier, prenant la chose à la légère, et je lui ai passé un savon. En cette journée d'automne finissant, Antipodia est chiche de ses plaisirs, et le Gouverneur gueule et punit, s'il veut.

Égarer les outils de La Glaciale? Ils ne sont pas à nous! Nous les empruntons aux hivernants futurs!

À chacune de mes questions, cet échalas de Jodic qui se dandinait dans son bleu de chauffe me répondait distraitement. Le reva-reva. Un contrecoup.

Il a posé son sac d'épinards et de choux contre le mur de la baraque et, fourbu, il s'est assis sur les deux marches en bois qui montent à ma résidence. Il a soupiré. Il n'avait pas du tout son regard normal. Jodic serrait ses mains comme s'il voulait prier, elles étaient couturées de cicatrices à croire qu'il avait joué avec du fil barbelé. Il avait de la terre rouge sur ses bottes. Il s'est levé, rassis, incapable de tenir sur ses jambes. Je sais qu'il a vécu un chagrin sur le continent et qu'il ne s'en est jamais remis. L'une des raisons de son obstination à rester. Alors, en bredouillant, Jodic m'a parlé d'une Packard « Caraïbe », avec laquelle il avait roulé, disons entre Marseille et Nice, la roue avant gauche calée sur la bande de dépassement, et d'une boussole cassée, chipée dans la poche d'une vareuse.

– Une voiture? Quelle boussole?

Les plantes vont le rendre marteau.

Il a murmuré encore, se frottant les yeux striés de veinules, il se réveillait enfin, son rêve s'estompait, c'était la dernière scène, et avec une voix atone et presque automatique il m'a raconté :

– Six heures avaient sonné, le signal, la ville dressait face à l'océan son réseau de blocs aux façades blanches, je suis entré dans un des immeubles du front de mer, j'en ai franchi le hall large et carrelé, personne, il n'y avait personne, l'immeuble de la Côte semblait vide, sans doute était-ce l'heure de la sieste ou y avait-il eu une alerte, j'ai appuyé sur la touche d'appel de l'ascenseur et celui-ci a descendu les paliers, sa cage métallique glissant entre les couloirs capitonnés de moquette rouge, sixième, cinquième, quatrième, on entendait à chaque fois son claquement au franchissement des paliers, les câbles devançant sa course, boas tropicaux, silencieux et emmêlés, et ensuite la porte s'est ouverte devant moi, je suis entré dans la cage grillagée, j'ai appuyé sur le bouton 3 dont le chiffre avait fini par s'user sous les doigts des habitants, de sorte qu'on ne lisait à la place du chiffre que le signe « ? », les deux battants se sont refermés et je me suis dit que je n'arriverais plus jamais à les ouvrir si les bombardements recommençaient, et quelques minutes après, alors que l'ascenseur résonnait entre les parois et qu'à ma droite je ne sais quoi frottait sur les montants, tout s'était éteint brusquement dans l'immeuble, plongeant les étages dans la plus noire des pénombres, une sirène avait retenti, l'attaque était imminente, il ne restait plus que la loupiote « INCIDENT » sur le panneau de commande qui clignotait en grésillant, je me suis alors adossé à la porte histoire de reprendre mes esprits et de garder mon calme, mais j'avais le cœur battant et les jambes molles, je me demandais où j'avais bien pu garer la Packard, et là j'ai vu au plafond de la cage le miroir rectangulaire qui me reflétait, mais j'avais rapetissé, écrasé par la perspective, et j'avais perdu mes cheveux, le genre tonsure de moine, puis l'ascenseur après un hoquet a repris sa course, impassible, on a dépassé le troisième étage et la terrasse du toit, mais où étions-nous, alors, sinon en plein ciel, dans la giration galactique, attachés à rien, des atomes perdus ?

– OK, Jodic, tu descends là. Ne bouge plus, je vais te préparer un litre de café extra-noir, lui ai-je répondu. Un mauvais trip.

Pour lui remettre les billes en face des trous, je lui ai relu le règlement. Mais il était redevenu peu à peu lui-même. Il ne comprenait pas mon acharnement. Il ne voyait plus de quoi il retournait. Évaporé. Inexplicable. Et pourtant...

– Tu me récures à la brosse de fer et à l'huile de coude le hangar n° 4, et tu me recloues une fois pour toutes le toit qui siffle. Quant aux barils de fuel, tu te démerdes, je veux avoir les pleins à droite, près de la pompe, plus facile en hiver, et les vides dans l'angle, à l'abri du vent, ils ne joueront plus aux tuyaux d'orgue sous les rafales. Pour la citerne, tu la décapes, plus un gramme de rouille sur le clapet. Exécution.

La mesure était excessive – mais, ici, où se situe la limite ? Et que lui dire en face : arrête de te *droguer* ou je t'évacue ? Et me retrouver en solo sur ce chicot désolé, au seuil de l'hiver, merci. Sans partenaire pour la crapette ?

Jodic n'a pas insisté. Les corvées tuent l'ennui dans l'œuf. Je n'ai pas consigné l'incident dans le registre.

Il a plu ensuite toute la soirée autour du pic de l'Aiglon puis, plus à l'est, sur la rivière Marie-Louise, une pluie parcimonieuse qui picotait la peau, apportant le froid.

Grimper dans les montagnes pour me distraire ? Je n'en ai plus la force ni l'envie. J'ai essayé de feuilleter un Guy des Cars, en vain. J'ai tripoté comme un komboloï ma médaille d'Alep en me récitant ses vers gravés : *Tu as atteint le rang le plus élevé/ Et le succès...* Je me suis assoupi face à la mer, une grosse masse fuligineuse hérissée par le vent.

Le soir, sans un mot, avec Jodic qui n'avait pas quitté les baraques, on a fini la boîte de bœuf en gelée, lui dans la buanderie, moi accoudé à la fenêtre, emmitouflé dans ma parka, pris par le silence, l'onde du silence, ce vide sonore aux bords sifflants.

– Un tournoi de Scrabble, non? ai-je tenté, au moment du Nescafé, pour atténuer sa peine et entamer le malaise qui prenait comme béton. Ou les fléchettes, si tu préfères?

– Pas envie, qu'il a râlé.

– Sûr?

– Ferme-la, j'ai froid.

J'ai reposé le lot des six fléchettes et ai soupiré devant la cible qui me défiait de son œil cyclopéen. Puis, j'ai refermé la fenêtre, et je suis sorti sur les pilotis pour admirer les astres. D'être à deux, au milieu de nulle part, et s'emmerder autant... L'humanité, quelle farce!

Histoire de m'étourdir, j'aurais bien dégusté deux ou trois verres de vin, voire plus, si j'en avais eu, face au crépuscule. Un château-d'yquem, quelque chose comme ça, de la pourriture noble, puissant et liquoreux. Le lichen sur les rochers jetait ses traînées d'or. L'hiver picotait de blanc les crêtes. Une dernière brume s'effilochait sur la paroi volcanique qui apparaissait luisante, humide. Pourquoi pas un havane, dont les volutes, bandages aériens, m'auraient embaumé comme un monarque égyptien?

– Strip-tease pour Toutânkhamon! aurais-je murmuré avant d'être givré.

★

Temps maussade, vent matinal soutenu sud-sud-ouest. Les oiseaux s'en vont par groupes compacts. Les épinards étaient bons. Jodic travaille de nouveau avec ardeur et en chantonnant du Brel. À quinze heures, alors que l'atmosphère devenait lugubre, le ciel s'est ouvert deux heures de suite et a rendu comme une clameur de lumière, découvrant un gouffre éblouissant que des nuages d'encre, comme apposés au tampon, ont peu à peu refermé.

J'ai précisé : *Maux de dents, intolérable, ça empire, depuis six jours.*

J'écris moins dans le registre. Quant aux appels radio, je les récite après les avoir rédigés. Aucun bateau à l'horizon. À quoi servent ces données? Ces degrés et ces hectopascals à l'infini, que chaque heure modifie? Le temps d'ici est un faussaire. Tout ce que j'énonce est déjà autre chose. Je refile aux autres ma monnaie périmée.

À la longue, une torpeur vénéneuse m'envahit et me submerge. Sables mouvants. Je suis pareil à ce timbre amarante laissé par mon prédécesseur : seul au milieu d'un album oublié dont personne ne tournera plus les pages de papier cristal, je suis un naufragé de papier, visage de profil, amiral sans escadre, racorni et jaune, et dont la face gommée ne colle même plus. Entrecasteaux-Franville, la déconfiture !

Je me néglige, me laisse pousser ma barbiche de travers, bouquetin échevelé. À cause de ma cheville qui m'emprisonne plus encore. Ma cheville est mon boulet de bagnard. Elle m'a transformé en vieillard capricieux et colérique qui, maintenant, geint du râtelier. Rien n'y fait. Ni indifférence, ni aspirine. Quant aux anti-biotiques de la pharmacie, ils étaient périmés depuis trois mois. Une veine ! La grosse molaire du fond. Cariée au noir. Deux fragments me sont venus sur la langue, elle s'effritait. Comme à chaque fois avec les dents, mais aussi lorsque l'électricité saute, la plomberie casse ou que le canot fuit, j'ai cette sensation qui m'oppresse : rongeant tout, ruinant chaque chose, le travail de la mort est apparent. Oui, à chaque seconde, nous sommes la proie de ce grignotement massif, les victimes d'un effondrement. Pour le matériel, au moins, Jodic sait réparer. Contre-feu.

Pour les soins d'infirmerie, nous avons reçu une formation préalable et passé notre brevet de secouriste. De là à passer à la pratique...

Il a fallu m'y résoudre avant que les choses n'empirent. Je l'ai appelé. Il traînait parmi les bidons et les hangars. Il tapait sur quelque chose et le son du métal froissé se répercutait entre les collines, jusqu'au pic Napoléon. « Cette fois, c'est la bonne, passe à l'infirmerie. » Je me suis installé dans le siège de dentiste, justement. Il est arrivé. Il avait changé d'outil. Au moyen d'une seringue prélevée dans la pharmacie, Jodic m'a injecté cinq milligrammes d'un anesthésiant puis avec la pince de la boîte en laiton, celle qui contient les scalpels et le fil à suturer, allez, on y va, il s'est penché sur moi, m'a appuyé un doigt sur la lèvre inférieure pour me maintenir la mâchoire, et sans ménagements il a plongé l'outil dans mon gosier pour tirer d'un geste sec sur la molaire souffrante, la gencive a résisté, puis elle a émis un *puiiic* couard et humide, ma dent est venue sous la traction, elle me lâchait, elle ne m'appartenait plus, et c'était comme une minuscule navette spatiale détachée à jamais du vaisseau mère ou un météorite lancé à travers le cosmos qui rejoignait le plasma originel, fonçait vers l'absolu.

– Le néant, tout de même !, ai-je dit, en avalant un filet de sang et en remuant mes doigts.

– Quoi donc ?

Victorieux, Jodic brandissait ma molaire noircie dans la Salle dorée.

Il dansait comme le plantigrade qu'il est.

J'ai craché trois fois par la fenêtre dans les galets de Possession. Une vague a avalé mes glaviots. Assez de métaphysique !

Je me sens mieux depuis cette opération. Je n'ai plus ni cette chique dans la bouche, ni ces maux de tête qui me tourmentaient. Pourtant, si par malheur ma langue passe sur la plaie, la gencive trouée m'offre sa pulpe délicate et par association d'idées – le corps se souvient des bontés qu'il a eues –, je repense au parfum framboisé de Malabar de mes deux fées jaunes. Singapour, Deep Water, caresses et champagne, *room service*…

Alors je vais m'aérer en boitillant sur ma canne dans l'anse Possession où je ne possède rien. Il y a encore des goélands pour me distraire, dont l'ombre joueuse, passant et repassant au-dessus de moi, cache par éclairs la crudité du soleil. La mer répète son éternel va-et-vient de vagues ; le bout du ponton est un saphir posé sur ce disque rayé. La balise dodeline sous le courant ; la verte roulera un peu plus au jusant. Une grosse mouche est posée sur mon doigt, bague éphémère et merveilleuse. Mes souvenirs ressemblent à ces fleurs de thé japonais qui se déplient et s'épanouissent dans l'eau brûlante. Laisser refroidir. Bonsoir, choses d'ici bas.

Jodic

Comme l'albatros hurleur était déjà momifié, il m'a fallu juste sectionner à la pince le cartilage du cou pour me fabriquer avec sa tête et son bec un beau cimier. Avec de la bâche imperméable, je me suis confectionné aussi une calotte sur laquelle j'ai collé à la glu des bivalves nacrés et des cailloux blancs. Puis j'ai ajouté un rond de fil de fer hérissé en douze pointes. Ma couronne !

Dans le dos, un catogan de laminaires. Et, pour une tresse d'un mètre de long, sorte de postiche royal enroulé autour du cou, des épis frais de *Bulbinella rossii*. Je me suis arrangé un large pectoral de duvet et de cauris. Et une dizaine de bracelets, portés à mi-bras et à mi-jambe, piquetés de plumes grises, blanches et noires. Assemblés sur un treillage de fanons de baleine, martelés et fixés, les crins d'éléphants marins (les gros mâles muent et en laissent partout) m'ont fourni à leur tour un tissu sauvage dans lequel j'ai réussi à me tailler un boléro et un pantalon grossier. Ainsi que des guêtres plus claires pour mes bottes. La boue rouge de la rivière Marie-Louise reste un fard tenace pour les tatouages de ma composition. Alors, ayant dissimulé mon bleu de chauffe dans les fourrés, de même que le talkie-walkie, mon panier à épinards et ma serpette dans les rochers, je deviens Indien, un Antipodien. Je ne suis plus François Lejodic mais Jodic-le-Natif, Jodic-le-Vrai, Jodic-le-Seul. Un *Vendredic* avec son arc en travers. Des flèches au carquois. Le poignard de plongeur de combat. Et une gourde de reva-reva battant sur le flanc.

La blonde Babetta Maserati avait bien voulu m'accompagner, et je crapahutais en direction du bois Joséphine. J'avais ingurgité au moins un litre de décoction, je me sentais plus fort que tout, valide, oxygéné total. Je courais dans le sens du vent, ventre à terre, mes jambes cavalaient toutes seules, aucun effort, le souffle marin ajoutant cinq ou six kilomètres/heure à ma vitesse. J'adore ces moments : on se place au bord du haut plateau et, à la première bourrasque, nous voilà embarqués, droit devant, direct, comme si on avait un moteur derrière soi, une soufflerie, il n'y a plus qu'à mouvoir ses jambes, on a des bottes de sept lieues, on cavale, on saute, le sol glisse de lui-même sous les enjambées. On a la même sensation qu'un surfeur sur une vague. Mais il faut savoir choisir sa bourrasque : ni embardée, ni coup de tête, plutôt le souffle long et puissant du large, celui qui pousse loin, beaucoup et longtemps, vous ferait traverser l'île de part en part. Parfois on galope sans faillir quatre ou cinq minutes à une vitesse extraordinaire, l'air entre et sort vite par vos poumons, le sol est roulant comme le ciel au-dessus de soi. Merveilleux ! Sans compter les effets du reva-reva qui démultiplient tout. Je ne m'en lasse pas.

Bien sûr, ma Suédoise m'attend au bout du plateau, elle n'a pas froid, je lui crie que j'arrive, que je suis un oiseau et un loup, une plante grimpante et une sarbacane, son chat botté veut sa chatte au débotté, son Indien sudiste va ajouter ses cris aux quarantièmes rugissants et aux cinquantièmes hurlants, elle trépigne, oui, elle veut goûter Geronimo, elle veut être sa captive aux yeux clairs, la Pocahontas de l'austral. Elle porte sa tenue courte d'infirmière de Dakar, sa coiffe idiote, et un stéthoscope autour du cou qui rebondit sur ses seins, voilà qu'elle jette son string rosé, un joli fanion, j'en ferai un cerf-volant, que les deux Dupont ne se ramènent pas sinon je les troue au couteau, promis, je te déposerai en Packard si tu ne peux plus marcher, reste à savoir où je l'ai garée, en bas de l'immeuble, tu t'en souviens, non je ne sais plus…

À même la lande courte, parmi les tiges et les racines qui lui picotent les fesses, je la besogne façon bagnard en cavale. Ce jour-là, j'ai aperçu la tache sombre. Comme un mélanome sur de la peau saine. Un débris qui dérivait vers nous, poussé par l'océan.

Gouverneur

Je ne vois personne. Il n'y a personne. Jodic est au bois. Son talkie-walkie est muet. Je reste en bas, sur la terrasse en pilotis de Possession : le ciel, les galets brassés, le grondement du vent, l'ombre des pitons glissant sur la soie de l'eau pour tout compagnon. Trois oiseaux pâles griffent le gris des parois. Il n'y aura de bateau ni demain, ni après-demain, pas plus qu'il n'y en a eu hier ou avant-hier. La radio est un grésillement continu qu'aucun appel ne trouble. Nous avons beau nous astreindre à une discipline qui, justement, nous protège puisqu'elle nous encadre, je sens que nous sommes en équilibre sur la margelle du néant. Condensés, peut-être, mais négligeables comme des moucherons sur un pare-brise. Vers où roule-t-on derrière nos vitres de bourrelets en mousse ?

J'ai lâché mon carnet de notes, il me tenait à la surface des jours comme une bouée de sauvetage. Je prends des airs navrés, un masque pour cacher mon désespoir. L'hiver descend en linceul, il nous drape de sa blancheur. Je me mets à la fenêtre de la résidence et, la main droite sous la joue comme le docteur Gachet peint par Van Gogh, un bouquin sur les genoux, je contemple jusqu'à la nausée le vitrail de l'eau et de la lumière au bout du ponton. Une heure, deux heures, trois peut-être. Pas bougé. Quel jour est-on? Mardi? Mais de quelle semaine? J'ai arrêté de cocher le mât au drapeau d'une entaille de canif. Je ne joue plus aux Robinsons. Je ne sais qu'une chose : si je sors entre les baraques ou vers la grève, je sentirai battre mon cœur dans mes doigts, au fond des moufles. Le reste importera peu.

Ai-je pour autant une vie intérieure? Où mène le fil de ma pensée? Que deviennent mes réflexions, la fulgurance de mes pressentiments? Ce monde autour de moi, inaltérable et répété, me ronge puisqu'il ne se soucie jamais de mon marmonnement, de mes modestes lumières. De mon éclat vivant. Après le rebord de l'île, il y a un tombant de plusieurs centaines de kilomètres en profondeur. Par tempête, il devient siphon. Tout doit-il s'évanouir par là?

La première année de mon hivernage, alors que j'arborais un certain allant doublé d'un désir de rangement, j'avais mis la main au fond d'une cantine sur cette paire de bottes à crampons et ce bâton ferré de randonneur. Était-ce un signe? L'île m'appelait-elle? Que m'accorderait-elle, complice?

L'après-midi même, je m'étais risqué vers le pic Napoléon, dans la chaîne des Quilles. Un coup de folie, d'autant que j'avais décidé de m'aventurer sans préparation, sans prévenir Jodic. Depuis des mois déjà, le pic se dressait là devant moi, arrogant, roide, sur le flanc de l'île. Pourquoi pas? Et puis, vin aigre coupé d'eau, il me fallait alléger ce cafard qui m'empoisonnait le sang : le souvenir de Solange, mon ex-épouse. La mémoire a de ces ressacs! Ça me revenait par fragments, détails scintillants, songe décousu. Je me souvenais encore de Frieda, un xolotl, sa chienne mexicaine sans poils qui nous suivait partout, les gens s'extasiaient, « mais quel curieux animal, petit et si nu ». De notre voiture renversée sur la chaussée d'Ostende, à cause du verglas, avec les deux tableaux de Rigaud dans le coffre, achetés une bouchée de pain à un châtelain ruiné, très encrassés, méconnaissables, ils vaudraient une fortune. C'était en 1987, notre Audi magenta, sièges cuir crème. Un appartement en rez-de-chaussée avec un jardin et deux palmiers chinois. De sa chair à elle, presque rosée. Son goût d'œillet aux endroits secrets. Ses aisselles d'amande. La beauté de ses genoux pâles. Elle aimait les robes d'été. Solange avait une jolie taille, des yeux faits, une topaze. La vitesse de ses baisers, trois tours et puis s'en va, dommage. J'entends encore *distinctement* sa voix dans les locations où nous avions vécu, cette manière qu'elle avait de chantonner dans la cuisine, au-dessus de l'évier ou à la fenêtre, à travers les cours des immeubles où tombait la pluie à gouttes tièdes, la rengaine de Dalida : « *Et gratta, gratta su ton mandolino, mon petit Bambino...* » Son ventre vide d'enfant. Solange avait été belle avant de devenir triste. Et moi, mauvais. Tourmenté. Où est passée Frieda, qui se souvient des aboiements joyeux de notre chien mort ? Quant au reste, ces années communes, ces milliers de briques d'instants, passions et peines, trahisons aussi, plus de goût qu'un brouet d'auberge... Un rêve évanoui.

Trois heures d'ascension, en trébuchant souvent, en tombant deux fois, il m'avait fallu ça. Non que le pic Napoléon soit si élevé mais sa pente est creusée de brèches, encombrées d'éboulis, criblé d'alvéoles. Avec au sommet, pour m'accueillir, un brouillard glacé qui ne faisait qu'un avec le ciel et me bouchait la vue. J'ai failli rebrousser chemin, penaud. Après une heure de patience, le sommet est apparu, touché par un rayon de soleil. Il était là, à trente mètres de moi, luisant, aigu, doré tel un pyramidion d'obélisque. Un trésor au milieu de la neige et de la cendre, sous un ciel d'acier.

Je me suis approché avec précaution, par-dessus les derniers cailloux noirs et les premières virgules de neige. J'ai lâché mon sac et mon bâton. J'ai fini par poser ma paume dessus, en dépit du froid. Puis j'ai saisi ce hérissement de lave qui était comme le chapeau pointu de l'île. Comme pour ces roches de Bretagne, à moitié magiques, allais-je d'instinct trouver la prise qui la ferait d'une seule pression trembler entièrement ? Je la tenais qui me tenait. Mais non, l'île n'a pas vacillé. Cependant, à croire que j'avais tourné le commutateur d'une machinerie invisible, les volutes de brume se sont éclaircies, le rideau s'est dissipé. Un grand théâtre de bronze s'est ouvert de part et d'autre. Chaque piton de la chaîne des Quilles s'est mis à miroiter, les plaines se sont découvertes, comme déshabillées, sur trois cent soixante degrés. Nos baraques et nos hangars étaient là, en contrebas, sous leur toit métallique beurré de reflets. La forme en fer à cheval d'Antipodia était parfaitement dessinée, et la mer était tendue autour, étincelante, crantée de cent milliards de vagues, emplissant l'horizon de toute sa masse. Antipodia! Quelle majesté! Quelle inutilité, surtout…

De là-haut, ça m'a paru tellement indifférent à notre existence que, comme un gamin puni, j'ai chialé dans mon mouchoir. Rapporté tout de même six de mes larmes gelées dans une boîte de pastilles Pulmoll. Au premier soleil, mon chagrin s'était évaporé.

Jodic

Un matin, j'irai sur la Côte. Avec ou sans la Packard « Caraïbe », modèle 1953. De quelle couleur est-elle ? Grâce au magot amassé à La Glaciale, je pourrai m'offrir un séjour dans l'un des palaces ou me louer un appartement dans un immeuble rupin. Oui, sûr, si je revenais sur le continent, en France, je réaliserais ce fantasme : vivre en rentier au soleil du Sud, dans la tiédeur des collines. Face au vertige de la Méditerranée, bleue comme le ciel. Mais il faudrait lâcher Antipodia, je n'y suis pas prêt. Les autres me font peur encore, l'amour ne meurt pas vite.

Admettons que, la soixantaine venue, j'aurais alors des habitudes établies et apaisées : la terrasse aux premiers rayons du jour, le café dans un mug, la lecture du journal déposé dans ma boîte, un footing d'une heure dans l'air rafraîchi par la nuit, le marché, une galette de polenta et du raisin avec un vin d'Italie, la sieste, une visite de librairie, une promenade sur le front de mer, mains dans les poches, un chapeau de paille, un bouquin, me répétant en refrain que je pourrais savourer ainsi vingt ou trente années semblables, sans heurts et sans drame, en apesanteur du monde. Et, pour finir, quelques longueurs à la piscine, le crépuscule et les oiseaux descendus des jardins, le Martini rouge et les crackers Ritz, le journal télévisé, l'attente de la nuit... Enfin, porté par le vent, le brassage des galets pour annoncer la ténèbre, le début de mon sommeil léger. Ces galets blancs et ronds qui ne ressemblent pas aux noirs et glacés d'Antipodia. Même s'ils ont ma préférence. Antipodia, c'est chez moi. L'île est mon prolongement.

Je ne suis jamais allé sur la Riviera mais, bien sûr, je l'ai vue dans des émissions télé ou des films policiers, je suis originaire de la région de Brest, finistérien. Des paysans, des éleveurs de chevaux, des maraîchers de père en fils dans le coin de Saint-Urbain et de Dirinon. Les fraises, le lin, la pomme de terre, etc. Ils n'ont jamais lâché leur coin. Et moi, pareil, à part l'austral qui a quelque chose de breton aussi. Qu'importe que je ne connaisse pas la Côte d'Azur! Maintenant que j'y reviens dans mes rêves, j'ai fini par croire à cette ville blanche, mathématique, et à m'y balader sans souci dans son cadastre de boulevards et de rues, retrouvant des devantures de boutiques ou de concessionnaires, c'est une idée, une image, un film d'images, mon pays de Cocagne...

Ce pourrait être Nice mais je pourrais certifier aussi qu'il s'agit d'Alger. À cause des acacias et des poivriers aux carrefours, des palmiers mauves, de la lumière et du paquebot des Messageries qui, tout à l'heure, doublait la jetée et cinglait vers Suez. Mon père m'en parlait parfois. À moins que ce ne soit Toulon, en raison du port militaire. Il y a un officier qui travaille dans les bureaux, gradé et grossi. Son épouse s'appelle Virginie. Quel âge a ma fiancée? N'ai-je pas oublié de mettre des sous dans l'horodateur pour la Packard?

Deux litres de reva-reva, au goulot, allez! Je ne me restreins plus, je me fous de Gouv. Il ne quitte plus les hangars de Possession. Il a mal. Il a froid, il a la chiasse. Sa mâchoire a enflé comme pas permis. Monsieur Quasimodo.

Moi, je bois, je rêve longtemps, je bois encore. Mon rêve se poursuit, je le reprends à l'endroit où il m'a laissé la veille. Le réel à la fin est discontinu.

La porte s'est déverrouillée.

Les boutons ne clignotent plus.

Sortie de l'ascenseur !

Je me suis habillé : un complet de bonne coupe, des mocassins de marque, un imper mastic plié en deux sur le bras gauche. Des clés dans la poche droite. Quelque chose de lourd et d'enflé dans celle de gauche, pesant lorsque je marche. Je n'ai pas l'habitude des pétards. J'ai mon arc en travers du dos et le carquois au côté. Ma couronne de coquillages et de nacres.

Silence feutré.

Palier désert.

Portes des appartements fermées. Tapis bordeaux cintré par des barres de cuivre. Trois plantes caoutchouteuses aux angles. Une lithographie signée Folon – deux hommes en pardessus et en chapeau planant, bras ouverts, au-dessus d'une montagne. Plus un panneau avec les consignes de sécurité à appliquer en cas d'évacuation, d'incendie, etc. L'immeuble est toujours vide. Je ne ressens ni crainte, ni appréhension. Juste une gêne. Comme un noyau d'abricot dans une botte. Je ne sais toujours pas si j'habite ici ou non, si je suis intrus ou visiteur, ami d'un locataire ou propriétaire. Derrière, les collines dessinent une corbeille naturelle. Elles me sont familières.

Il y a une piscine sur le toit-terrasse. On y accède par un escalier en colimaçon, derrière une porte vitrée ponctuée par quatre ronds rouges en thermo transparent. Il s'agit plutôt d'une pataugeoire destinée aux enfants de l'immeuble afin qu'ils s'amusent sans danger – la profondeur est relative. Au fond, trois sirènes au visage triangulaire et stylisé ainsi qu'un narval composés avec des carreaux de couleur. Une mosaïque. Le soleil joue dessus. Le ciel est un spectacle, les mille reflets aussi. Le narval s'ébroue parmi les naïades rieuses, sa corne annelée tremble sur le fond vert pâle.

Mon rêve se poursuit... Il me pousse vers le centre de la terrasse où un podium en ciment offre des chaises et des transats. Au milieu, une table avec des verres publicitaires et des bouteilles d'alcool. Un drapeau. D'en bas de l'immeuble, portés par le vent, montent des cris atténués, le rugissement d'un camion, des éclats de klaxons, un cliquetis de boules de pétanque, mais aussi un parfum de fleurs, de mer et de cuisine à l'ail. Par-dessus la rambarde, j'ai aperçu des femmes en robe claire sur les trottoirs lessivés, un gamin qui remontait avec une liasse de journaux, un type en veste crème qui fumait son clope, adossé à un réverbère, devant une enseigne, et admirait la façade de l'immeuble. Flic en filature ? Attendrait-il que je redescende pour me ceinturer ? Un autre patiente devant une voiture en double file, une Buick. Portière ouverte. Un Arabe. Au bout du boulevard, dix palmiers alignés esquissent une grille qui clôt l'horizon. Une poussière pâle descend en poudre. Ciel et mer vont se confondre.

À cet instant-là, je me sentais satisfait et heureux, tous mes doutes avaient disparu. Il ne me restait qu'à trouver le bon étage et mon appartement, ces clés ouvraient quelque chose. Jusqu'au moment où je l'ai aperçu, lui, ce gus, vautré, hagard, pataugeant dans l'eau pailletée de copeaux d'or de la piscine réservée aux enfants. Il la buvait ? Un étranger ?

Pas réfléchi. J'ai saisi mon arc. J'ai visé, tiré. La flèche a sifflé.

Au bout de la trajectoire, l'inconnu s'est affaissé.

Je l'ai vu cavaler en zigzag dans le néant d'Antipodia. L'île résonnait de son souffle de bête affolée.

Sa respiration tonnait dans mes oreilles habituées au glacis du silence.

Moïse

J'ai toujours bien nagé. Le meilleur des meilleurs.

Je suis Mauricien mais un Mauricien des Chagos, surnommées les îles de l'Huile, à cause du coprah.

Je dérive depuis des jours, trois peut-être. Je dérive sur mon bout de bois mais je survis. Le courant m'emporte à bonne vitesse plein est, il me pousse quelque part.

Je m'appelle Moïse, il devrait y avoir compensation. Je serai sauvé des eaux. J'ai appris par cœur le catéchisme des pères.

Dans l'eau, je peux tenir longtemps car j'ai passé mon enfance à barboter dans les lagons, je peux crawler vite et loin, j'étais champion. Reste qu'il me faut tenir au-delà de mes forces. Ma peau me tire et me brûle. La flotte m'attaque et me ronge. Langue en éponge sèche et poumons en carton.

Je tiendrai encore.

Le bois me sauve. Mon radeau à planche unique. Une allumette. Je suis le garçon à l'allumette magique comme il y avait cette petite fille perdue dans la neige, je me rappelle des contes que nous lisaient les missionnaires évangélistes, ceux venus de Londres pour nous apprendre les bontés de leur doux Jésus. La neige? Imaginer ça? Ces enculés...

Heureusement, y a pas de requin, juste des oiseaux marins qui viennent m'observer et, une fois posés à distance, dériver avec moi. Le courant est fort. Quelque chose de plus dense et de plus déterminé m'emporte. Mais où?

J'ai jamais aimé mon métier. Je préfère le corail, les lagons, les atolls ombragés par les cocoteraies où mes ancêtres africains, déposés par les colons français, étaient venus travailler. Je suis natif de Diego Garcia comme la plupart des Chagossiens. La base nous a délogés. Ses hommes, ses véhicules, ses avions à réaction, les bombardiers, l'aéroport, ce vacarme militaire... En 1973, alors que nous dépendions de la Couronne britannique, toutes nos familles ont été déportées sur Maurice avec la promesse d'une indemnité mais nous l'attendons encore. Et les Anglais ont loué nos îles désertes pour cinquante ans aux soldats américains. Pour bâtir une base US Air Force. Ils s'y sont installés, énorme...

Depuis, nous sommes les bannis, les désespérés de l'océan Indien. On nous a volé notre archipel, cette vie d'autrefois, les cocos et les filaos. Partis tellement vite qu'on a laissé nos chiens et nos ânes sur place, y a une chanson qui dit ça chez nous, « la bourrique du tonton est restée là-bas, la bourrique du tonton... » Mais nous n'avons plus ni le baka, ni le calou, ni les ravanes du séga. *Mo touzour ena enn sagrin.* Comment ne pas regretter sa terre de sable, même si elle ne vaut rien? Comment ne pas pleurer son pays, même s'il ne dit rien à personne? Nous savons rester modestes. Nous sommes à peine deux mille, nous autres. Notre seule montagne culmine à quinze mètres de hauteur. On ne peut pas rivaliser avec le monde. Avec les continents et les villes. Avec la voracité des étrangers.

À Maurice, pour les Chagos, il n'y avait pas trente-six solutions. Soit la canne à sucre, tenue par les banques et les Blancs. Soit le larbin dans les hôtels. Ou alors la pêche. Et, entre les trois, la survie dans des baraques en planches et en tôle, à la sortie de Port-Louis, à Cassis. Le choix m'a paru plus facile sur le moment, après l'école publique où j'avais reçu pourtant une bonne éducation, j'ai lu des livres à la bibliothèque, je comprends les informations de la télé, pas toutes, mais bon, moi, j'avais pas envie d'autre chose, au moins en bateau je me rapprocherais de mes îles. Va pour le merlu! Ce serait plus tranquille. Je me trompais. Les Asiatiques nous raflaient tout, en douce, en masse, sans retenue, avec des unités surpuissantes qui puisaient jour et nuit, sept jours sur sept, neuf mois par an, et des navettes pour leur décharger les polystyrènes congelés. Du coup, les Japs et les Coréens qui restaient en mer à l'année traquaient les bancs au sonar sur des centaines de kilomètres. Sans s'arrêter, ils changeaient les équipages et reprenaient du fuel.

Nous, sur le *Dodo IV*, s'il y avait pas eu les lubies du capitaine pour pousser à l'est, désespérément à l'est, dans des secteurs où nous n'allions jamais, à croire qu'il voulait un coup d'éclat et relancer à lui seul l'économie mauricienne, c'était à la cool, au moins au début, faut reconnaître, le capitaine Raymond était un incompétent mais comme la compagnie allait mal, que le poisson était rare pour tout le monde, du moins pour les unités à petit rayon, ça camouflait les choses... Pas d'exportation, juste le marché local, les étals de Port-Louis. On filait sur ce qui restait des bancs de Nazareth et de Saya de Malha, et on revenait. On remplissait pas les quotas : deux mille tonnes à peine, répétait le capitaine, alors qu'on avait droit à cinq ! Ce qu'on pêchait revenait plus cher que l'avion frigorifique d'Afrique du Sud qui fournissait en un aller-retour toutes les chaînes d'hôtels de la côte. Économie d'échelle, c'était le mot, j'avais pas compris. De plus en plus stressé, Raymond avait décidé de revenir au moins une fois avec une pyramide de poissons frétillants sur le pont et ses cales bourrées à exploser. C'est pour ça qu'on descendait vers l'austral. Avec les risques en plus. L'équipage râlait dans les cirés, titubant dans le roulis. À se cogner la tête dans la cambuse. À se ronger les sangs dès le matin après le Nescafé. À craindre le soir lorsque, dans la lumière grise, les vagues gonflaient, déjà plus hautes que le *Dodo IV*.

Moi, ce que je voulais c'était avoir *lavi douce*, le rhum, les filles, la paye du samedi, les pique-niques le dimanche sur les plages de Péreybère et de Choisy, et retourner un jour aux Chagos dans la maison en parpaings de mon père, Aristide. Et j'ai rencontré Thérèse, Thérèse Tambourin, la femme de mon cœur, une femme parfumée à la peau suave qui gémissait lorsque je la prenais entre mes bras, elle posait sa tête contre ma poitrine. On s'était aimés du côté de Chamarel – tant pis si elle était mariée à un autre. Jusqu'à son départ en Europe du moins, comme nurse, et qu'après six mois à Londres elle n'avait plus donné de ses nouvelles, elle avait déjà trente-deux ans, moi je suis resté, je ne pouvais pas quitter Maurice et le souvenir des Chagos car je n'avais pas la moitié de l'argent pour le Boeing et pas le passeport qui était bon. Faute de mieux, pour les dimanches qui ont suivi, on filait sur les plages en autocar avec le copain Fernand, je me rattrapais avec d'autres. Toujours aimé les autocars de la Triolet Bus Service, ça coûtait pas cher et ça faisait voyager, on l'appelait l'autocar des « Très Bonnes Secousses », on allait draguer dans les gargotes, et boire des chopines de bières Phœnix, et je ne disais pas que le reste de la semaine j'étais pêcheur à me tremper la moelle sur le pont d'un chalut pour me remplir la casserole, non... Dans mes moments de somnolence, quelques secondes, alors que j'avais l'impression que mon esprit s'était échappé de mon corps, que je m'étais dédoublé dans l'océan, beaucoup de moi dans les vagues, épuisé, rompu, transi de froid, cramponné au radeau, et un reste de moi encore au-dessus, je veux dire aérien, léger, aussi fluide que les nuages, je me revoyais passer alors dans l'autocar, les bicoques colorées et les campements glissant derrière la fenêtre en plexiglas, ces papayers dans les jardins, les voitures Toyota et les autobus Tata à la queue leu leu, les vendeurs de glaces poussant leur carriole à deux clochetons d'acier, *ding dong, ding dong,* et moi derrière la vitre à écarquiller les yeux car je m'apercevais *en même temps* sur le bas-côté, et c'était pas du reflet...

Ce doit être là que j'ai perdu connaissance, à l'instant où je pensais aux tétons de la Thérèse, à sa chevelure électrique et très noire, elle sentait la laque et le parfum *Bien Être,* à ses très bonnes secousses à elle aussi. Elle me guettait en souriant dans les fataks, « Moïse, Moïse, je suis là, viens mon gâté », avec sa natte en vacoa pour s'allonger et sa thermos de thé au lait sucré pour que nous reprenions des forces au milieu des cannes. Elle emportait son peigne en plastique et sa trousse de maquillage pour se refaire une tête convenable après, faut dire qu'on se donnait, une danse à deux où nous partions ensemble pour nous séparer et revenir, un tremblement, du feu, son cul aura rempli ma vie, y avait pas plus accueillant que sa chouchoute. Dedans, je regardais glisser l'après-midi.

Ensuite, je me suis retrouvé poussé par des vagues plus courtes, un roulement sur des galets, du sable en vrac et voilà que, jeté à plat ventre sur un bout de terre, je lapais en m'étranglant à moitié une mare de pluie dans un creux.

Miracle !

Alors, je me suis réveillé et j'ai posé mon pied sur le sol dur pour apercevoir le Cheyenne brandissant son arc.

Il gueulait en haut de la falaise.

Je ne pensais pas qu'il y avait encore des primitifs dans cette partie du monde.

Des brutes. Des dangereux.

Jodic

Je l'ai fait sans moufter à Gouv, il aurait voulu un papier de La Glaciale ou un appel de Port-Hobart, son côté réglo-réglo, doigt sur la couture du pantalon, salut au drapeau, à croire que la politesse et les ordres ça servait de rempart. Maintenant, je me sens mieux. Comme si j'avais fleuri une tombe abandonnée ou érigé un autel païen aux ancêtres.

Cette histoire affreuse, je n'y ai pas trop pensé mais je sais que, si nous sommes ici, c'est en partie à cause du naufrage et de la tragédie de *L'Aurora,* dans les années vingt ou trente, à une époque où il n'y avait pas la radio sur les morutiers, les langoustiers et les phoquiers. Une tempête terrible avait rendu la mer et le ciel impossibles. Les secours étaient désorganisés. Et le capitaine avait joué au malin, en s'écartant de sa zone habituelle, à la remorque de bancs qui filaient plus vite que tournaient ses hélices. Ces gus sont restés en bas, à l'aplomb de la falaise, sur une grève à peine large de vingt mètres, bloqués par les rouleaux incessants des vagues. Le bateau en deux. La moitié immergée, l'autre de travers. Le comble de l'ironie : leur cargaison de langoustes avait aussi coulé par le fond avec les chambres à glace... Quelques survivants ont tenu le coup, acculés à la paroi, abasourdis, frigorifiés. D'abord à se rationner puis à finir bouchée par bouchée les provisions de la cambuse, et il y en avait peu car ils étaient en fin de saison de pêche. Puis à manger les rideaux dans l'épave fracassée. À mâchonner le bois blanc des coursives. À lécher la falaise où gouttait la pluie. Enfin, à grignoter cru le premier mort, sa main, un bras, une cuisse, à dévorer le deuxième, le troisième, à moi les oreilles, à toi les mains, à finir à la hachette et au couteau de cuisine l'un des plus faibles, le gosse de Morgat, mousse de seize ans – c'était quoi seize ans d'existence comparée à la leur si pleine et si assise ? Chacun son tour, les plus faibles en premier, au final jusqu'au capitaine. Des gars de Concarneau et de Camaret, de bons pères de famille avec des jardinets-potagers et leurs économies à la Caisse d'épargne, devenus en deux mois de parfaits cannibales. Des fous affamés aux yeux déments. C'est l'île qui veut ça sans doute. Côte est, elle est impossible, elle n'accepte pas le destin obstiné des hommes. Elle les brise sur sa herse de rochers acérés où rien ne pousse, où rien ne reste, même les crabes la fuient car la houle y est trop forte, elle les arrache de la pierre volcanique et les lance en l'air comme des postillons. Et donc, au-dessus, les mouches, les chèvres, les hangars, l'abri, l'atelier, Possession. Et nous, ensuite, pareils à des veilleurs. Pour empêcher l'impossible, contrer l'impensable. Pour que ça ne se reproduise jamais pour La Glaciale et les autres.

Alors, à quelques mètres de l'à-pic, j'ai creusé à la pioche et à la pelle un trou d'un mètre de profondeur sur trente centimètres de large. Tassé au fond une couche de gravier. Posé un anneau en acier et coulé le béton à prise rapide. Après l'avoir arrimé dessus, j'ai déroulé dans le vide cinquante mètres de cordage en nylon blanc, avec un nœud de grimpeur tous les deux mètres. Au préalable, j'avais fixé de part et d'autre de la corde un mousqueton en inox forgé, le tout supportant cinq cents kilos de charge.

En contrebas, rugissaient les vagues rageuses d'écume. On entendait le reste de la coque de *L'Aurora* gémir en corps blessé sous les coups de boutoir. Mais à présent on pouvait y descendre. Ou en remonter. Qui voudrait. Les vivants au même titre que les fantômes.

Ensuite, ayant bu à la gourde un autre litre de reva-reva, j'ai fait longtemps l'avion dans le vent. Un Dewoitine 332 « Émeraude ». Comme, autrefois, sur les lignes d'Extrême-Orient, vers Rangoon et Saïgon. Et pas question de pilotage automatique ! Je voulais vivre chaque turbulence.

Gouverneur

Pas compliqué, je suis invalide. Mon pied a enflé comme pas permis. Une sorte de renflement aux reflets verts qui part de ma cheville et remonte en triangle vers ma jambe. Ça m'irradie le genou, me pince jusqu'à l'aine, je ne comprends pas. La peau est dure comme une écorce d'orange. Infection? Gangrène? Et la mâchoire, pareil : un abcès à l'endroit de ma molaire. Ma joue a triplé. Je suis déformé. Les antalgiques me bousillent les intestins. Suis coincé. Par en haut et par en bas.

En plus, le groupe électrogène a des ratés. On a froid partout, dedans et dehors. Puis trop chaud.

Regardons les choses en face : je suis seul, seul comme un bernard-l'hermite, moi un Paulmier de Franville, ex-conseiller culturel, descendant des pages et des chevaliers-compagnons des rois de France. Mon bel empire! Un empire, oui, de pleine solitude, pour monsieur Désarroi. Le vent siffle sous le toit cassé. Sa langue glacée me lèche les cheveux lorsque je clopine entre les pièces. Il se moque de moi, il se gausse. L'austral est ma tragédie. Je t'en foutrais de la météo! Napoléon à Sainte-Hélène, rien à côté. Lui, au moins, entre les murs craquants et jaunes de Longwood House, il avait à ses côtés quatre généraux, ses biographes, des aides de camp, quelques officiers subalternes et des valets. Autant d'apôtres...

Comme d'habitude, Jodic rôde on ne sait où, inatteignable. Je ne le vois plus guère. Depuis le jour de l'inspection, il a déserté Possession. Quelques travaux d'entretien le matin, selon le règlement, un café, de la confiture à même le pot, des biscuits et du pain d'épice dont il raffole, et le voilà qui s'évanouit, emmitouflé dans sa parka à col de fourrure, en grommelant, barda sur l'épaule, sourd à mes questions, feignant de ne plus entendre mes ordres.

Je ne sais pas s'il revient, s'il dort ou non dans les hangars. En tout cas, il n'est plus là pour nos parties de Scrabble. On était à 13 287 points pour lui, 13 613 points pour moi. Stupide d'arrêter là.

Absent aussi lorsque j'envoie mon bulletin à la radio. Rien à faire. Campe-t-il? Jodic n'a pas d'obligations. Il montre moins de solidarité. J'estimais que cette liberté d'îliens nous enfermait. Lui, non. C'est un tremplin. Vers quoi? Il m'a paru ravi. Nerveux mais goguenard. Qu'il paraisse content de vivre ici me tourmente. En allemand, il y a ce mot, *schadenfreude*, qui exprime la joie éprouvée au malheur des autres. Il me faudrait à Antipodia son contraire : un mot pour désigner la tristesse que je ressens à son apparent bonheur. Quelle est sa recette? Que dois-je abandonner qui me délesterait? Je suis un aérostier dont le ballon reste au sol, empêtré de câbles, le brûleur à l'envers, les paniers versés, flapi. Que trouve mon coéquipier du côté du bois qui pourrait me rasséréner? Et pourquoi monsieur Lejodic se fout-il des machines en panne, lui, l'électro-mécanicien? Ne lui revient-il pas de démonter, contrôler, nettoyer, remplacer, régler et remonter ce qui ne tourne pas rond? N'est-il pas un as de la scie électrique comme du chalumeau oxyacétylène?

Hier soir, près de la lampe tempête, alors que la résidence craquait de tous côtés, j'ai noté des choses corrosives dans le registre, d'abord sur mon compagnon, ensuite sur l'humanité, sur les éléphants de mer qui sont des organismes prévisibles et grossiers, et puisque j'étais sur ma lancée des choses assassines au sujet de l'administration, Solange, mes prédécesseurs, Guy des Cars, la foutaise des croisades, les banques, les statisticiens météo, l'épiphanie et les nuages de grêle. Des pages qu'il me faudra détruire lorsque je quitterai Antipodia. Après l'hiver, redoutable pour les baraques et la carcasse des hommes.

Je ne veux point me laisser abattre. La posture, voilà la moitié de la victoire. Retenu la leçon des films de samouraïs : le maintien, le calme apparent, et c'est presque gagné, l'autre a plus peur que vous, alors si vous en imposez et que vous méprisez les événements, ces misérables soubresauts... C'est pour ça que je n'ai pas appelé Port-Hobart. De toute façon, il est trop tard, l'hiver arrive, il n'y a plus de bateaux de pêche dans le coin, plus de rotation maritime, l'hélicoptère ne peut nous atteindre, hors de portée. La Glaciale s'en fout. La mer est cassante, elle hurlera, on fera le gros dos dans les quarantièmes et les cinquantièmes, en attendant sa clémence. Sur l'île, nous sommes en sécurité. Antipodia absorbe les chocs, Antipodia résiste. J'envoie deux fois par semaine mon signal chiffré. Vivant.

Allez, admettons que ce malaise ne soit que momentané. Un passage à vide. Un trou noir ponctuel. J'avoue que j'en ai assez de clopiner de ma chambre à la chapelle Notre-Dame-des-Vagues.

Voici donc mes résolutions pour les semaines à venir, en désordre...

Pour Jodic :
– S'occuper, avant qu'il ne soit trop tard dans la saison, du groupe électrogène. Il a les outils. Lui manque la motivation.

– Exiger qu'il rattrape les fûts de fuel qui ont dévalé la pente sous les assauts du vent et les attacher. Certains flottent devant Possession.

– Établir un recensement *exact* du cheptel des chèvres. Nombre de têtes, sexe, âge.

Pour moi-même :
– Tenir le registre au quotidien d'une calligraphie appliquée mais avec des propos cohérents. Ne pas me laisser embriguer par la lassitude, le désespoir.

– Continuer à prendre des notes dans mon carnet, c'est le balancier de ma pirogue qui penche. Ne pas hésiter au contraire à écrire n'importe quoi, le minable et le grandiose mélangés. Dessiner des nuages et des oiseaux.

Ces rochers qui sont des châteaux miniatures avec leurs crabes châtelains.

– Deux fois par semaine, démonter et graisser mon browning GP 35. L'air est trop salé pour une arme de poing.

– Rédiger une lettre pour réintégrer, après ce purgatoire de deux ans, les cadres et les services. Une mutation devrait être possible. Va pour le Nord! Copenhague, Stockholm, Oslo? Si trop demander, Tromsø, en mer de Norvège. Il doit y avoir un Centre culturel français par là-bas. On m'a expliqué que les Nordiques avaient de l'ardeur au sortir des saunas où l'on se fouette avec des branches de bouleau, et de l'émotion pour les aurores boréales. Il y aurait une journée annuelle où, dans les bureaux, tout le monde coucherait avec tout le monde, les employés avec les patrons, les coursiers avec les attachées de presse, sur les tables de réunion, les photo-copieuses-trieuses, contre les machines à café, et le lendemain c'était oublié. Quelle civilisation! J'ai jamais goûté. À part Babetta, la Suédoise, s'entend. Plaisir des yeux.

– Écrire une seconde lettre à mon ex-épouse, histoire de voir s'il y a possibilité de récupérer les deux toiles d'Hyacinthe Rigaud, peintre à la cour de Louis XIV. Je pourrais me refaire avec si...

– À mon retour sur le continent, faire analyser les graines du reva-reva. Contacter (avec discrétion) un laboratoire pharmaceutique. Déposer un brevet?

– Espacer mes visionnages de *Secrètes Salopes à Dakar*. Et peut-être en priver Jodic. Mais ce serait une déclaration de guerre.

– D'ici quarante-huit heures, si ça ne s'arrange pas, consulter par radio le médecin de Port-Hobart.

Dimanche prochain, après le lever des couleurs et le briefing, lorsque nous serons propres et rasés dans nos bleus de chauffe du week-end, il conviendra aussi que je reprenne à cent pour cent mon rôle et mon rang. Je sermonnerai Jodic. Deuxio : je lui collerai le double de travaux d'entretien. La punition comme électrochoc. Qu'il revienne parmi nous, ses frères humains…

En attendant, ce matin comme les jours précédents, je me suis enroulé deux mètres de gaze autour de la tête afin de me bloquer la mâchoire et de me tenir au chaud la joue, le remède pour ne pas trop souffrir. Gueule d'œuf de Pâques, tant pis. Puis, toujours sans chauffage, comme j'avais de plus en plus froid, j'ai utilisé un rouleau de moquette étanche que l'on avait apporté pour recouvrir le sol dans le hangar des machines. Avec précaution, de crainte de m'entailler les mains, je me suis confectionné au cutter et aux ciseaux à métal une robe de bure à capuchon, doublée. Je suis content du résultat. La moquette est à la fois à l'extérieur et à l'intérieur, les deux parties cousues avec du fil de nylon. Dommage qu'elle soit de couleur rouille... La morsure de l'air ainsi ne m'atteint plus. Je suis étanche. Je ressemble à un épouvantail rouquin et poilu. Un bébé yéti.

Accoutré ainsi, je passe plusieurs heures sur le toit de l'église, ma terrasse en quelque sorte. Tant bien que mal, je me hisse par l'échelle sur son toit plat et carré (une demi-heure d'efforts, des douleurs lancinantes dans les biceps). Grâce aux jumelles, j'inspecte les parages de mon cabinet de verdure sans trop de verdure : le pic Napoléon à l'ouest, suivi par le pic de l'Aiglon. La rivière Marie-Louise derrière moi, au nord, les crêtes du bois Joséphine en contrebas, un bout de la pointe Austerlitz, à l'est. En me penchant, je distingue quelques flocons blancs sur les pentes. Les chèvres. J'essaie de les compter. Elles se confondent et sautent d'un caillou à l'autre. Bien plus que nos appels météo, ces bêtes antipodiennes sont la preuve que nous faisons bien fonction de poste de secours. Un endroit vrai dans le vrai monde. Une escale digne de ce nom. Et, pour les marins perdus de La Glaciale comme pour les autres, la possibilité d'une viande fraîche et roborative pour combler leurs estomacs. Prévu, pensé, organisé de longue date. Animaux, frigos, châlits, radio. Sinon, pourquoi jeter l'ancre là?

Durant mes séances d'observation, j'emporte la thermos de thé, un roman de Guy des Cars et le browning. Plus mon carnet de notes. Je trace une barre par chèvre, quatre font un carré. Je médite, je somnole, je veille. À cause de la lumière reflétée sur les toits en tôle, je porte des lunettes de soudeur. Je tente de me focaliser sur la balise rouge. Je me demande : où est la balise verte? Descellée et coulée en dessous de son plot ou roulée par le courant, et emportée au large? À raison de trente centimètres par marée, selon une pente sous-marine de... Est-elle déjà engloutie par les abysses? Ne suis-je pas, moi aussi, une balise verte? À vérifier en usant du scaphandre.

De même, en rassemblant mes souvenirs de philosophie, Pascal, Heidegger et tout le toutim, je m'interroge : le propre de l'être humain est-il d'être traversé par le temps et, de la sorte, de n'exister jamais? Présent insuffisant, passé effacé, avenir hypothétique... Qui suis-je si je n'emporte rien, une crispation, trois images, un parfum? Nuages, ciel atone, pluies, silence, les étoiles... Et cette Voie lactée? Pourquoi ne ramène-t-on pas tout à cette donnée fondamentale? Cent milliards d'étoiles en rotation perpétuelle dans la centrifugeuse géante. Et plus ces astres sont éloignés du centre galactique, plus ils tournent vite et prennent leur tangente, milliers de bolides vagabonds roulant à des vitesses vertigineuses. On ne connaîtrait à ce jour que quatre pour cent de la matière de l'univers! Alors, moi, perché sur mon rocher dans la mer australe, pensez... L'infime! Notre Terre est elle-même une île dans un océan d'étoiles. Et celles-ci forment un microscopique archipel dans un océan de galaxies, immergées dans un bain cosmique. À quelle mesure se tenir? On s'y noie, mince!

Je remâche, m'y perds, piétine et m'endors. Je reprends le fil, mon ronflement me réveille, j'ai cru qu'une bête rôdait vers les abris. Et si un astéroïde nous tombait dessus, qui le saurait et quelle importance? Et pourquoi le quatrième état de la matière, après le solide, le liquide et le gaz, s'appelle-t-il le plasma? Parce que nous y retournons?

À tout le moins, dès que la lumière se lève sur les crêtes et jette ses triangles de lumière pâle, j'ordonne le monde d'Antipodia. Ce qui apparaît grossi et net dans les lentilles de mes jumelles renaît à ma convenance, selon mon bon vouloir. Ou retombe dans son mutisme de lave froide, sous la nuit humide. Je répète : « pic Napoléon, pic de l'Aiglon, rivière Marie-Louise, pointe Austerlitz ». Ils revivent avec moi, dès que leur nom est prononcé. Je note aussi des impressions comme on prendrait des photos avec un appareil à mots. J'ai le sentiment de sauver quelque chose dans cette alternance de jours de plus en plus indistincts :

« *Six nuages ronds et à la file semblables à des wagons, des autos, des charrues* »

« *Lichen, lichen, gentil mélanome floral* »

« *Gargouillis de la rivière au creux de mon oreille désaltère mon sommeil* »

« *Bouc au trot, pattes crampon, tête en bas vers l'abîme* »

« *Bidon (rouillé) qui flotte n'amasse pas mousse (mouillée)* »

Dans cette absurdité généralisée, c'est comme si j'étais le maître du jeu et en même temps le joker aux grelots. Avec mon costume de moquette, ma joue enflée, mon turban de fakir et mes lunettes d'ouvrier soudeur prises à l'atelier, n'ai-je pas l'allure d'un roi autant que d'un fou?

Admettons que, juché sur le toit, je reste, en dehors des bases polaires, l'individu le plus au sud. La vigie des vigies. La figure de proue, l'homme aux chèvres et à la radio. L'étincelle qui multipliera le feu. Jusqu'à la rotation de *L'Astrolabe*, oui, petits messieurs des bureaux et des ministères, pour La Glaciale et la France antarctique, Albert Paulmier de Franville maintiendra.

Il en va d'abord de ma santé mentale.

Jodic

La nuit, dans tout ce silence qui n'en est pas, dans ce noir qu'aucune lumière jamais ne perce, on entend le battement de l'océan. Il cogne sur la côte nord, si le vent porte du nord-est. Jusque dans l'anse Possession, devant nos baraquements, s'il vient du sud-est. Une onde gonfle, franchit les pointes, Austerlitz et Déception, pénètre d'une vague le chenal, le force, le prend, s'y épuise. Les parois résonnent. L'Aiglon et le Napoléon s'assombrissent. Une virgule d'écume mouille les galets en pente qui ont remué. Brassement. Apaisement. Cinq ou six secondes de silence, l'étale. Puis ça repart, revient, reprend. L'île fait l'amour. Avec ma lampe de poche dont le faisceau balaie les murs, je tiens la chandelle.

Au fond du hangar, les oreilles pleines de ce ahanement lent, j'aime guetter le souffle de l'océan dont les embruns par petits nuages transparents atteignent les hangars. Je le hume, je le bois, il est plus frais que les autres, plus salé, plus habité. Il enveloppe celui qui l'attend comme un châle de brume et de particules séminales. J'imagine que, dans ses strates et ses plis, il garde le tintement des cargos effacés et, selon son axe, la rumeur des rivages australiens ou celle des bases du Pôle. Un rire menu de fille rebondit sur la mer jusqu'à mon île clandestine. Qui l'a inspiré? Me serait-il destiné, moi qui l'aspire?

Il arrive que je ne dorme pas. Tabula rasa. Je ne sais plus trouver et attraper le sommeil, le garder derrière mes yeux. Je suis à vif comme un câble électrique. J'avale encore des litres de reva-reva. Et je retrouve ce pouvoir que je n'ai plus, cette capacité pleine, accélérée : je suis éveillé totalement, comme dans un appartement obscur où l'on aurait allumé au même instant toutes les lampes possibles sur toutes les prises de courant. J'ai le compteur à cent à l'heure. Tous mes sens sont aiguisés genre animal préhistorique au sortir de sa grotte, en pleine forme après une hibernation, dressé et actif dans la nuit. Avec ce grésillement en moi, perceptible, continu. Avec mes yeux brûlant en dedans. Je ne suis plus seul ou plutôt j'ai la solitude confiante du globule de sang dans le corps veineux de l'île. Antipodia respire par ma vie. Elle et moi, une même chose. Dès que j'atteins ce palier, je *deviens* Antipodia...

Alors, dans ces moments de fièvre, d'extra-lucidité, mon âme réapparaît, elle tient en équilibre à l'endroit du plexus, elle a la taille d'une cigale de cuivre et elle stridule. Il me suffit de m'agiter pour qu'elle roule dans ma poitrine et fasse entendre sa musique. Elle naît de mon ventre, monte dans mes poumons, se cale entre mes pectoraux et m'emplit. Je me dis : c'est mon âme-cigale aux élytres transparents, mon âme qui m'irradie, je suis son remuement, ma chair dessinée autour comme une enveloppe. Je ne tiens plus en place, je change de dimension, le monde se plie et se déplie, et j'ai besoin de pulser dans la partition des vallées et des pics, de danser avec les nuages les plus bas dont les volutes me feront barbe et cheveux, de faire vibrer cette cigale à l'intérieur de moi. Oui, il faut que mon sang batte pour que tout s'ouvre et résonne...

Quittant ma bannette, le hangar et l'atelier, délaissant ma casquette aux oreillettes et mes rangers de caoutchouc, je redeviens l'Indien. Pieds nus, je me perds dans l'obscurité. Je me coule parmi les troupeaux de rochers qui me suivront si je le demandais comme le charmeur de rats au son du flûtiau. Je fonds dans les buissons où la pluie a suspendu gemmes et perles. Je m'enroule dans les entortillements des mégaherbes comme si des boas m'étreignaient dans un baiser ému, et s'il y a des fentes dans les talus herbus j'y plonge mon pénis durci, baisant l'île et jouissant de son meuble terreau. Je grimpe dans le feuillage trempé des arbres où chaque feuille est une langue, chaque fruit, une pupille étirée. Les ruades de vent font vibrer les touffes, les bourgeons et les grappes. Tout se noue et se dénoue, je suis à la fois le nœud et la corde. Les troncs des *Nothofagus* se font bassons et hautbois qui jouent à l'unisson. Mille goélands aux yeux d'ampoules glissent comme des néons vivants, suspendus dans l'air, sans fil. J'entends alors l'île intelligiblement. Et j'ai le désir écrasant de mastiquer sa terre. D'être le vertige autant que la montagne.

Capitaine Raymond

À croire que le père Moïse, avec ses yeux de choucas, portait la poisse. Car après son départ, tout s'est éclairci, tout est rentré dans l'ordre. D'abord, le vent est tombé et la mer s'est calmée, étrangement. Un lac. Et, une fois n'est pas coutume, on est tombés sur cet énorme banc qui transitait par là, et on remplit cinq heures durant les cales du *Dodo*, coup de filet après coup de filet, du merlu blanc jusqu'au garde-corps. Y en avait même qui sautaient sur le pont. On était au milieu d'un océan de frétillements. Il a fallu que je dise aux gars : arrêtez d'en remonter, on va couler !

Aucun remords avec le Chagos. Pourquoi ? Je vais de l'avant, je ne me retourne pas, lui non plus. J'ai bien fait de le balancer du bord, il nous emmerdait trop, il nous ralentissait à cause de son mauvais œil comme disent les marabouts de Roche-Bois, et un Chagossien ça reste un champion de feignant, il ne bossait jamais comme les autres, toujours un truc qui n'allait pas, fatigué, mauvaise mine, un doigt entaillé, manquant à l'appel, en tant que capitaine je ne pouvais plus le protéger des autres matelots qui râlaient contre lui et ne voulaient pas lui refiler une part, faut les comprendre, quant aux armateurs de la compagnie Mascareignes, derrière leurs bureaux luisants et leurs ordinateurs IBM où courent des chiffres, eux qui ne pensent qu'à écrémer les colonnes et à serrer leurs coûts fixes, ils l'auraient dégagé sur un mot de moi, on avait le fleuron de la flotte, le plus puissant, ils sont intraitables avec les pauvres bougres, au fond je l'ai protégé ce Moïse. Finalement, que le *Dodo IV* ait été vendu vite, ça a été une chance pour nous tous, aussi bien pour Galou que Tizozé, Pelé, Edward que le gros Hector. La pêche, ça rapportait plus un sou et on n'atteignait pas les quotas, tant pis pour les « frigo boys », tant pis pour le thon et la bonite, tant pis même pour cette cargaison miraculeuse de merlus dont personne n'avait plus rien à foutre puisque sur l'année on était encore à la ramasse. Mais tout de même, lorsque Brandon, le patron, nous a rassemblés en rang d'oignons dans le hall climatisé de l'immeuble et que de sa voix lasse il a confirmé qu'on avait été mis aux enchères, ça m'a fait un drôle de truc au ventre même si je le savais – Amandine, la secrétaire, me l'avait confié avant qu'on ne lève l'ancre –, et je me suis senti rabaissé au niveau d'un esclave du Mozambique sur une estrade dont on aurait regardé les dents, les biceps et la fraîcheur du sexe, et ensuite il a ajouté dans la même phrase qu'on était rachetés cash, ça m'a fait le même truc au ventre mais à l'envers, un creux suivi d'un soulagement, d'autant qu'on aurait droit direct à une prime de transfert, si, si, des liasses de roupies auxquelles on ne s'attendait pas, comme des joueurs de football qui changent de club. Et puis le Français, monsieur Beychevelle, le nouveau propriétaire, il avait l'air aimable et élégant dans son costume Ralph Lauren, même s'il fumait un cigare dont il nous soufflait sa fumée bleue dans le nez, il nous a expliqué dans la foulée que l'équipage était réengagé, je gardais le commandement du *Dodo IV* avec le même salaire et, sitôt notre unité revenue des bassins de radoub, réaménagée pour le ravitaille-ment et le transport de matériaux, au pire un mois de cale sèche, fallait pas traîner, une unité de ce tonnage, ce serait dommage de la laisser moisir, on ferait le vraquier, du cabotage sur les côtes de Madagascar, Tamatave, Sainte-Marie et Diégo-Suarez, mais aussi, a-t-il ajouté en me prenant par le bras et m'emmenant à l'écart pour me témoigner de sa confiance, « vous connaissez l'océan Indien, votre équipage et le navire, que demander de mieux, capitaine? », s'il parvenait à décrocher le contrat avec le préfet, vu qu'on avait la motorisation suffisante, nous irions en renfort des TAAF, pour le ravitaillement des bases de l'Antarctique et des îles du sud, Kerguelen et Crozet, et pourquoi pas Amsterdam, Saint-Paul et Antipodia, leur navire océanographique, le *Marion-Dufresne* étant en rade, le diesel-électrique cassé, alors, moi, je me suis dit que cette fois on était sauvés, ça ne bougerait plus, les îles, les Français et les professeurs Cosinus, du solide et du long terme, des financements internationaux et des budgets à rallonge, la planque à perpétuité, j'allais naviguer tranquille sur mon *Dodo*, et me bâtir ma villa en béton à Rose-Hill au milieu des flamboyants, j'y donnerais rendez-vous à Amandine à la pause déjeuner, pour la caresser sous la moustiquaire, « capitaine, ai-je l'autorisation de vous sucer? » qu'elle m'avait demandé la première fois, elle était timide, elle connaît depuis la réponse, le bonheur est dans sa bouche, adieu au poiscaille, c'était trop couillon pour Moïse, il avait qu'à être moins révolté...

Jodic

Dès l'aube, après le litre de café noir, j'ai mon flair de chien limier. Je renifle le corps étranger à trois kilomètres à la ronde. Cette odeur aigre de peur et de sueur. Ou cette puanteur de mazout et de métal tiède portée par le vent si un bateau arrive. Car Antipodia ne sent presque rien, essorée par les bourrades du vent. Un fumet nouveau se détecte vite…

Je n'en ai pas parlé à Gouv. Il m'aurait interdit le reva-reva. Pourtant, il fallait que quelqu'un sorte cette saleté de la piscine des enfants.

Au début, j'avais pensé à un piège : laisser près des champs de mégaherbes des gâteaux et une maxi-boîte de pâté au bœuf. Le tenter. L'appâter. Et, m'étant posté à l'affût, lui tirer dessus. Mais il a été plus malin que prévu et lorsque je suis revenu me mettre en position avec ma brassée de flèches crantées – celles qui avaient trempé dans la saumure de poisson et du jus de mouches écrasées –, les provisions s'étaient envolées. Rapide, le gars !

Ensuite, je l'ai retrouvé de nouveau allongé dans les flots verts. Il n'avait pas pigé la leçon de la dernière fois ? Il ne m'a pas vu venir. Je suis arrivé par le haut, au-dessus du bois. À pas feutrés. Je le tenais déjà en joue avec mon arc bandé, la flèche encochée, et j'avançais en catimini et en diagonale, je me coulais vers lui. Il nageait dans la piscine. Il avait même dû chier dedans. J'ai décidé de l'en sortir, à coups de pied au cul, et de le balancer dans le vide, du haut de l'immeuble-falaise, tant pis s'il s'écrasait sur la Packard « Caraïbe », en contrebas. Je m'en fous, j'avais une assurance, je pourrais même avoir la même auto dans une autre couleur. Il n'avait pas le droit de tremper sa viande dans la vasque immaculée ! Barboter parmi les sirènes et le narval à la corne annelée. Avec les enfants de l'immeuble qui n'étaient pas là mais dont les rires résonnaient dans la cage de l'ascenseur. Avec Virginie qui, ayant quitté son officier de mari, allait me rejoindre, offerte de nouveau à mes baisers, on avait tout calculé pour sa fuite, à la minute où son époux fermerait la porte du pavillon pour rejoindre son bureau, le mot laissé sur la table de la salle à manger, *ne t'inquiète pas, tout va bien mais je n'ai plus d'amour,* mon arrivée illico en voiture, l'avion pour Paris, le train pour Saint-Malo, le ferry pour Jersey, un cottage en fin de soirée à Saint Clements, réservé sous un faux nom pour la semaine – *Mr et Mrs Hamilton* –, bref, minimum sept à huit heures d'avance sur le retour du mari, avant son affolement, l'appel au papa de Brest, « votre fille Virginie a disparu, si, partie avec un autre, elle l'aimait depuis l'adolescence », les flics peut-être, Interpol, et l'avocat. Qui irait nous rattraper si près, si loin ? À moins que ce ne soit Babetta la blonde qui me retrouve au bord de la piscine, Babetta en maillot, vingt grammes de tissu et un élastique. Je les confonds, à la longue. Sauf pour les seins siliconés de la Suédoise. Ils ressemblent à des fromages.

J'ai décoché ma flèche et dégainé le couteau de plongée.

J'ai fondu sur l'intrus pour le dépecer.

Après, ça s'est assez troublé. Je n'avais plus de jus dans la machine. Et j'ai eu froid, plus froid que Gouv le Lilliputien dans sa résidence sans chauffage.

Antipodia s'était cristallisée.

Moïse

Je n'ai pas fait le tour du coin mais j'ai compris que c'était une île, une minus, avec des montagnes d'un côté, et des falaises partout. Y a juste un truc qui m'a intrigué, en plus du Sitting Bull qui me court après, c'est cette corde qui descend vers l'épave du bas... S'il y avait des gars d'équipage, y a longtemps qui seraient remontés. Pour quelle raison la laisser? Pas assez de forces pour descendre. En tout cas pas pour regrimper si je ne trouve rien à grignoter dans les cales du chalut.

J'ai fini le pâté au bœuf de l'Indien. Pourquoi a-t-il laissé des biscuits et cette conserve ouverte près de l'arbre? J'ai tout avalé. Mais je recommence déjà à avoir faim. J'ai mâchonné toute la journée d'hier des brède-songes pour me tromper le corps.

Du coup, j'ai lorgné sur les cabris car avec eux y aurait de quoi me cuisiner un gros cari-massala, suffirait de trouver des oignons sauvages, et faire du feu, mais avec quoi ? Y a pas plus mouillé que cette île et plus trempé que moi ! La nuit, les cabris se rassemblent en un groupe, certains debout, d'autres allongés dans l'herbe comme s'ils dormaient vraiment, pareils à des enfants ou des peluches, les plus petits au milieu, et les gros autour, en protection. Je les ai approchés. Et ça m'a rassuré de les savoir là, à portée, même s'ils sont craintifs.

Obligé ! Le petit qui s'était égaré dans le canyon, d'abord je lui ai bouffé direct les flancs après avoir arraché les poils. Il devait être malade pour avancer si mal et de travers, mais j'avais trop faim. Je n'ai eu aucune peine à l'attraper, il boitait. Je lui ai saisi les pattes arrière, l'ai renversé, l'ai tiré à moi pour lui éclater sa tête avec une pierre aiguë. Son sang frais m'a ragaillardi. Pas eu pitié.

Durant le temps où je suis resté caché, je voulais bien inspecter le pays avant de me découvrir, histoire de pas me remettre dans un nid de guêpes. Pour tenir le coup sur mes jambes qui avaient la tremblotine, j'ai avalé deux ou trois cents vers roses trouvés dans les talus, quelques crabes, et des baies violacées qui m'ont donné mal au ventre. L'eau douce m'a requinqué, celle des mares, de la rivière au milieu des pics, et la pluie dans les plantes. Et j'ai roupillé mon content, sans rêve, long et profond, comme tombé dans une mine, enroulé dans le fouillis d'herbes, une couverture végétale. La chenille était devenue papillon trois jours après. J'avais retrouvé mes forces.

J'ai mangé du coup encore de la biquette mais là j'avais de la peine car on voyait que c'était un petit d'animal avec ses yeux vitreux. Tenté une excursion vers l'ouest. Fait se dérouiller mes muscles.

La lumière est bizarre. Le jour, on se croirait dans un film de cinéma, le soleil à travers les nuages projette ses rayons sur les pics glacés et les collines à l'herbe rase et les cailloux. Et la nuit, quand l'océan cogne comme un forgeron sur les dents des rochers, ça me fout les jetons dans le vent froid. J'ai beau être un marin, y a pas pire qu'une mer-colère, une scélérate qui veut vous attraper. Cette île abrupte qui m'a sauvé est un piège rond.

Gouverneur

Rien ne vaut rien.

Il ne se passe rien.

Je ne pèse pas plus qu'une mouche de cette île battue, les ailes en moins.

Et si quelque chose arrive, qu'importe.

L'horizon dresse un mur circulaire.

Nul signe ne nous parvient du monde extérieur. Que le ressac. Le vent gelé. J'ai beau noter les couleurs successives jouant sur la baie de Possession – bleu sale, vert éteint, rose cassé, violet tirant sur le gris –, j'ai toujours cette sensation de vivre au fond d'un aquarium sans eau, derrière la vitre, nu sur un lit de gravier spongieux. Les étoiles sont grosses comme des fleurs idiotes et jaunes. Fainéantes, elles traînent au ciel jusqu'à midi. La brume les recouvre. Puis ça repart. La balise penche dans le chenal, se crispe. Je pousse jusqu'au ponton avec ma lampe. À cinq heures, le couperet de la nuit. Elle nous décapite les pics, les collines, s'attaque à la baie qu'elle tranche. J'ai envie de crier : « Y a quelqu'un ? » La mer, alors, pour rire de moi, me dévoile d'une vague moins entêtée ses profondeurs verdâtres, son mystère. Ce quelque chose qui appelle par en dessous. Qui se convulse. Je me retourne et je ne distingue plus trop nos baraques entre les flaques aveugles et les rochers charbonnés. Je ne vois plus la terrasse sur pilotis. Le drapeau. Les fûts rouillés. Et la douleur de Possession d'exister dans le noir devient la mienne. Que me reste-t-il alors sinon des images, des bribes et des fantômes, trois données hygrométriques comme des formules sans magie ?

Dans le jour crasseux, déjà, quelque chose de vertical nous enferme. La pesanteur de la clarté, aussi faible soit-elle, nous cloue au sol et nous plombe. Où est le tracé limpide des routes, la fluidité des voix et des gestes, le bruissement des hommes affairés dans les faubourgs ? La profusion mécanique des navires me manque, jusqu'au tintinnabulement des drisses d'un voilier... Je suffoque de ne pas avoir suffisamment, que chaque minute m'échappe sans m'avoir assez donné, que la vie soit une plaie ouverte dont le sang des heures s'écoule pour être bu par le sable. Rien qui ne soit solide, jamais ? Ou alors il me faudrait posséder ce don de l'immédiateté, celui des enfants, des mammifères et des hystériques. Varier avec le temps, à son égal ? Et me contenter de la goutte d'eau, microscopique bijou posé sur une feuille de *Pleurophyllum*, reflétant à l'envers l'immensité voûtée du ciel. Serions-nous posés sous le globe oculaire de Dieu ? Et ce grand Celui-là serait-il myope ou hypermétrope ?

La température a chuté de quatre degrés. Je ne me risque plus dehors sans mon accoutrement en moquette. Jodic a l'air de se moquer de tout, je ne le contrôle plus. Dimanche dernier, au briefing, le ton est monté entre nous, pour la première fois. Fissure. Lézarde dans l'édifice. Tout peut s'ébouler maintenant… On était dans nos bleus du dimanche, lui avec en plus ses traits d'argile sur le front et ses cheveux en broussaille avec deux plumes piquées dedans. Moi, devant, avec ma canne et ma bande velpeau autour du crâne. Assis près de la fenêtre poisseuse, il était en train de retendre une corde sur un arc de sa fabrication. J'avais aperçu sur ses doigts les coupures et l'estafilade au poignet.

– Pas rasé, pas coiffé ? Même un dimanche ?
– Oh !

– Les couleurs nationales ?

– Drapeau déchiré.

Il m'excédait depuis le café et les tartines de pain d'épice, ne me répondant que par monosyllabes, souriant dans le vide, dédaigneux de nos parties de Scrabble.

– Je t'ai répété vingt fois de mettre les chaussons de feutre et pas tes Pataugas crottées dans le…

Les travaux ? Il s'en balançait.

Le groupe électrogène ? Idem.

Le toit qui siffle ? Quelle importance !

Les fûts ? Demain.

Demain ? Le mot du dictionnaire que je déteste le plus. Avons-nous autre chose à vivre que ce fragile aujourd'hui ?

Il avait changé mon grand Jodic.

– Et le reva-reva, tu te serais pas trompé de verre gradué ?

– Je voudrais voir ça…

– Pardon ?

– Mes après-midi m'appartiennent, que je sache, *Gouv.*

La première fois qu'il me répondait ainsi, frontal. Et avec autant d'ironie pour mon titre factice. Je me suis énervé. J'ai clopiné aussi vite que j'ai pu. Il a eu l'air de ricaner.

– T'es un sacré coco, qu'il a ajouté.

Alors, là, excédé, mon sang a bouilli, et j'ai réagi en père de famille.

– Mais crénom, réveille-toi, François, qu'est-ce que...

Il a stoppé ma main, elle partait toute seule. Il l'a arrêtée, sans effort, moustique distrait qu'on écarte d'un revers. Voyant que ça ne suffisait pas, que j'allais pas m'arrêter, je trépignais de rage, il m'a serré le poignet assez fort et, l'ayant tordu d'un tiers, j'ai plié par réflexe, de crainte qu'il ne me le casse. Le plateau de Scrabble a valdingué dans la pièce et là, j'ai trouvé ça ignoble. Dans l'échauffourée, il avait donné un coup d'épaule à la lampe à pétrole au-dessus de la table et elle se balançait au-dessus des cartes, des papiers et des derniers pions en vrac, dansant au-dessus de nous. Il y avait des *a*, des *e* et des *c* partout par terre.

– Tu n'as pas le...

– Le droit de quoi? a-t-il grondé, en écrasant de sa Pataugas un *b*.

Le gros gamin vexé m'a relâché. J'ai eu un tremblement sur le visage, la partie gauche, la paupière et la moitié de la lèvre.

Puis il est parti de son pas lourd.

La porte est restée ouverte sur le vide de la colline gelée, longtemps.

Je suis resté là comme un vieux pneu, moi, le gouverneur d'Antipodia, avec des mots fondus dans la bouche et mon œil bloblottant, face au silence de l'île et à sa vibration continue, écrasant chaque relief jusqu'à la rade et l'horizon vide. Jodic ne croyait plus à tout ça, il n'y avait jamais cru. Mon autorité devait rester le ciment de notre édifice. Tout était parti à vau-l'eau, dans le délire en huit petites secondes...

Je l'avoue, j'en aurais chialé de dépit, après avoir trépigné d'humiliation. J'aurais eu mon browning à portée de main qu'il se prenait un pruneau en avertissement, juste au-dessus de la tête, histoire de le rafraîchir, de mettre le holà, on sonne la fin d'une récréation turbulente, verrouille un portail sur le troupeau affolé. Claquement de la détonation. Nuage de fumée. Soulagement. Lui, moi. On se regarderait de nouveau. Chef de district. Électromécano. Deux hommes paumés sur une île paumée. On recommence sans passer par la case prison? On verrait pour les dommages. Une crapette pour se détendre?

Mais le pire, c'est ce doute depuis notre altercation qui me vrille l'estomac : François Lejodic ne chasserait-il pas *tout simplement* nos chèvres, écornant par divertissement nos ressources naturelles, la survie même des équipages à venir?

168

Son arc. Il a beau prétendre qu'il s'en sert pour déloger les oiseaux... Il se prendrait pas pour le comte Zaroff? Dans ce cas, ce serait une faute grave. Les éléphants de mer, les sternes et autres goélands, il y en a des milliers, je m'en tape, mais pas le cheptel des chèvres! Elles sont la preuve que nous constituons une escale sûre. Les supprimer serait briser le dernier maillon qui nous retient à la chaîne des humains.

Oublions notre incident... Faisons-nous une raison. Perdu une manche. Le passé est mort, disent les Arabes. Vive l'avenir! Il me paiera son geste de séditieux. J'ai consigné les faits et ses paroles dans le registre. Mais j'ai été ridicule. J'avais peur. Comme un fildefériste qu'un vent de travers déstabilise et dont le câble oscille sous le chausson. Où est ma perche? À quelle distance l'autre bord derrière cette purée de pois?

De toute manière, il y a un remuement sur l'île que je ne m'explique pas, et c'est à l'origine du comportement de Jodic. Résumons mes impressions : il n'y a aucun fait avéré mais quelque chose grince, râpe ou coince dans les collines, la forêt, vers le plateau. Sans l'évaluer, je le perçois tel un sourcier pressentant l'eau vive. Je le déchiffre dans la porte qui bat, le baril qui siffle, le claquement du drapeau ou l'écho contrarié d'un sterne. Je le sens dans l'arithmétique des nuages et la trajectoire des oiseaux. L'algèbre d'Antipodia. Il y a une donnée nouvelle. Une valeur x à résoudre que ni le thermomètre ni le baromètre ne prennent en compte.

Mais quoi ou qui ?

★

Depuis notre altercation, Jodic s'est inscrit aux abonnés absents. Il décampe en fin de matinée avec son sac, les choux et les épinards, mais il a coupé le contact. J'ai essayé de lui parler, de rattraper la situation, après tout je suis le chef de district, le responsable de la base météo, et il reste sous mon autorité. Peine perdue. Il sourit en dedans, malin et obtus, chafouin. Il n'est plus ce géant taciturne et débonnaire, il se fiche bien de Possession, de l'atelier, de la maintenance, des fléchettes et des cartes, du groupe électrogène qui s'étouffe dès qu'on le redémarre, ce doit être la pompe qui tousse ou les tuyaux encalminés. Il sait que je ne resterai pas sur l'île à la prochaine rotation, lui, si. Il ne me compte déjà plus parmi les Antipodiens. Il attend mon remplaçant, il restera. Jodic se moque de mon confort. Il campe. Il fait du feu, je vois sa fumée grise qui monte en volutes et que le vent efface. Il boit l'eau de la rivière. Traque-t-il les chèvres, *oui ou merde*?

Jodic est ailleurs. Et ce n'est pas à cause des graines abracadabrantes du reva-reva. Il a déserté Antipodia, sa réalité. Il n'appartient plus au personnel technique. Il a rejoint l'autre part de l'île, sa grande sauvagerie. Moi, je suis resté sur l'autre pente, la civilisée, avec les jours comptés et les saisons, les travaux d'intérêts généraux jusqu'à l'absurde, la météo fastidieuse. Quel versant reçoit plus de lumière que l'autre?

Je le vois courir vers la rivière Marie-Louise, arc en travers du dos et couteau sanglé sur la cuisse. J'envie sa fluidité et son agilité, je ne les lui soupçonnais pas. Il est dans un jeu. Un jeu rêvé et réel qui ressemble à la vie. Aux jumelles, je le vois se faufiler dans les fourrés, s'approcher du cours d'eau – peut-être se change-t-il ou récupère-t-il un objet? – et, rapetissé par la distance, mais chargé de quelque chose, il monte en oblique vers le bois aux *Nothofagus*. Avalé. Accueilli. Attendu sous le ciel qui roule. Il est devenu l'amant d'Antipodia. J'en suis le mari vieux et cocufié. Sans ardeur.

Non, je ne peux pas le suivre. Je boite, misérable. Je ne peux que me hisser sur ma tour de vigie, tenter quelques appels au talkie-walkie, et labourer les environs aux jumelles pour apercevoir notre colonie de chèvres. Combien sont-elles? Dois-je me fier à ce que me raconte Jodic? Dix, quinze ou vingt têtes? Je les confonds. À force de scruter les pentes et le plateau, j'ai fini par connaître le moindre rocher, la moindre touffe, les colonies d'oiseaux, un puzzle dont chaque pièce s'assemble. Mais, au-delà de huit ou neuf cents mètres de distance, tout redevient flou avec des couleurs mouillées. Là, je m'endors. Et les cauchemars qui me hantaient au début de mon séjour sur l'île, à cause de tout ce qu'on m'avait raconté à Port-Hobart et sur *L'Astrolabe*, ces cauchemars me reviennent avec plus d'intensité parce que je suis de nouveau seul, enterré vivant dans les baraques-cercueils, mon drap de bannette comme un linceul de papier cristal (je n'ai pourtant pas l'effigie d'un timbre-poste!), chaque jour et chaque nuit comme une prison verrouillée... Alors, je retrouve la silhouette du capitaine de *L'Aurora*, ce navire de La Glaciale échoué près de la pointe Austerlitz, avec un équipage qui a eu faim jusqu'à s'entre-dévorer. Il est enseveli sous la terre froide et les galets, dont il s'était fait un abri, par la suite écroulé sur lui. Celui-ci l'a conservé en partie. Il a des yeux couleur de thé, des mains en carton bouilli. Un rictus découvre ses dents fêlées. Avec sa casquette pourrie d'eau façon éponge et ses galons rongés, grelottant, des puces de mer dans les oreilles, le voilà qui se relève dans le printemps et veut me rejoindre, il m'appelle à l'aide, il me cherche parmi les hangars qui font écho à sa voix creuse, il tressaute, l'image est hachée, il a réussi à se hisser sur le plateau, quelqu'un lui a lancé un filin, il est monté du précipice à la force des bras et des jambes, il a bouffé ses compagnons de Camaret, je lui dois en tant que chef de district une assistance, je suis muté pour ça, j'incarne la civilisation, le secours, il exige du pain et des pêches au sirop, de la viande rouge, son cadavre trottinant et suintant me dégoûte. Que faire pour lui qui n'a plus d'âme?

La moitié de son visage barbu a été croquée par un loup, celui de mon enfance. Il le sait.

Moïse

Je reste sur mes gardes. Il y a l'Indien, d'abord,
celui qui me balance des flèches et n'entend
rien lorsqu'on appelle. Je l'ai aperçu deux fois,
déjà. La première, sur la grève du nord, où il m'a
tiré dessus. J'étais trop loin ou la flèche n'avait
aucune puissance, ça n'a pas marché. J'ai cavalé
en zigzag quand même. Puis la seconde, tandis
qu'il remontait vers le bois et cherchait je ne sais
quoi, le nez au sol, flairant mes traces. Mais là,
il ne m'a pas vu et j'ai pu l'observer à couvert :
grand, baraqué, marmonnant, son arc à la main,
le visage hachuré de traits de peinture, un chapeau avec des coquillages dessus et une tresse
d'algues. Il avait le vent dans le dos et, brusquement, il s'est mis à courir les bras écartés,
en imitant un réacteur d'avion. Si je m'étais
montré, il m'aurait tiré de nouveau dessus.

Il dort debout. Le problème, c'est qu'il marche et court dans son sommeil, parfois après moi. Il a des instincts de meurtre. Un somnambule? De quelle tribu? Où sont les tipis et les squaws? Les totems et les poteaux de torture?

Et il y a l'autre, un bizarre qui ne quitte pas le village en bas, près de la grève. Un singe. J'ai approché en rampant. Y aurait un virus? Pas de lumière. Aucun groupe électrogène qui ronronne comme il y en a dans les plantations de canne de chez nous. Zéro bateau dans l'anse. Des barils de fuel qui ont roulé partout et dont une dizaine flottent à la surface. Je vois ce singe clopiner sur sa mangeoire en ciment. À se demander s'il ne s'agit pas d'une espèce inconnue? Plutôt petit et roux. Pelage dru. Un singe mutant et bavard, pilote d'astronef, cousin de celui de *La Guerre des étoiles,* qu'on matait avec les copains à Port-Louis. Où serait parké son engin spatial?

Que faire? Les approcher? Attendre.

Les deux sont très dangereux.

J'avais perdu mes repères et le fil de ma raison, à en crier. J'étais un naufragé, mon capitaine avait voulu me tuer, et les deux êtres sur cette île perdue étaient des allumés… J'en étais là lorsque, une troisième fois, l'extravagant a surgi avec son masque de Touni-Minuit. J'étais allongé dans mon fouillis d'herbes, tout ce vert autour de moi, et je m'étais massé les jambes avec des touffes pour me ragaillardir, me donner du courage. Il dévalait d'en haut, en silence, une hyène. Pas vu mais lui, si.

Trop tard pour moi !

J'ai entendu le sifflement de quelque chose et en même temps eu une sorte d'éclair dans la tête suivi d'un coup sourd de matraque entre les dents : sa flèche m'avait traversé les deux joues de part en part. Je dégoulinais de sang. Il s'est jeté sur moi pour m'achever mais, bizarrement, comme dans un film au ralenti... Je l'ai saisi dans sa course, presque cueilli. Et, à peine croyable, ce n'était pas un véritable Indien, mais un mec costumé, un Blanc, et il était à ce moment-là extrêmement faible, un pantin, une poupée de chiffon. Il brandissait son couteau de plongeur, il voulait me trucider, il m'a blessé au bras. Au début, j'ai tenté de parer ses coups sans force, de le repousser, mais il me chargeait de nouveau, sans cesse, cornes en avant, cerf en colère, alors il a bien fallu que je le saisisse par en dessous à la gorge pour le maintenir hors de portée comme j'avais fait pour le capitaine Raymond, j'ai essayé de regarder ses yeux mais ils étaient sales et gelés en dedans, et en serrant plus fort je lui ai hurlé aux oreilles « tu peux pas t'arrêter, oh, boss, stoppez le cirque, j'suis pas mauvais, je m'appelle Moïse, je viens de l'île Maurice, j'ai surnagé sur un radeau, tu pourrais m'aider au lieu de…, ayo, merde, tu vas finir par me… », non, il continuait à essayer de me refiler ses coups de poignard, alors j'ai serré encore en refermant mes doigts sur trois ou quatre centimètres de plus, et là aussitôt mon gars s'est mis à avoir des soubresauts, tordu comme du fer-blanc, un filet de bulles de salive a dégouliné du coin de sa bouche, il m'a vomi dessus, et *kouma enn tizoizo afolé* son cœur est venu battre dans mes poings, et à la fin alors que je l'avais lâché il était déjà tout bleu, raide, un teint d'ivoire. Puis, paf, il est tombé, ses jambes ne le portaient plus, coupé en deux par un obus. J'ai pas compris, légitime défense, mais quand même ! J'étais dans la baise car, trop tard pour ma pomme et pour la sienne, il était mort. Avec des mouches avides lui tétant aussitôt les yeux.

C'était tellement absurde que j'en suis tombé en bas, sur les genoux. Arriver sur une île quasi déserte et en dézinguer l'unique habitant ! Après j'ai paniqué, j'ai eu peur qu'une bande de monde me tombe dessus, je me suis ressaisi, j'avais pris une flèche dans la tronche, pas le moment de jouer aux donzelles. C'est lui qui m'avait attaqué alors que j'étais naufragé. Ne pas inverser les rôles : j'étais la victime et *lui* le meurtrier. Sauf que ça avait pas bien tourné.

Il me fallait en plus penser à ma survie. J'avais perdu au moins deux litres de sang dans l'histoire. Je n'avais pas mal, j'étais étourdi, fébrile. Mais pour l'avoir lu dans *Blek le Roc*, le comic que j'achetais dans les boutiques de Port-Louis, je savais qu'il ne fallait pas enlever le couteau d'une plaie, de crainte qu'elle ne redouble à pisser du sang, j'ai gardé ma flèche avec son embout de plumes dans les joues. De toute façon, je ne pouvais pas me la retirer sans me déchirer le visage. Ça me gênait pour respirer. S'il me voyait, le Raymond se serait foutu de moi : survivre à des jours dans la flotte, des nuits dans la caillasse et la brousse, pour crever sous le tir d'un maladif?

Après, je me suis confectionné de gros bouchons avec les herbes pour compresser le trou dans ma joue et mon bras sanglant, et j'ai repris mes esprits comme on recompte une à une ses billes. J'ai tâté du pied le bonhomme, mais non, pas se mentir, *li ti enn kadav.* J'ai pris le couteau et son arc. Je lui ai retiré sa combinaison tachée de vomi et de sang, et je l'ai enfilée par-dessus mes vêtements humides. J'ai piqué ses bottes et ses chaussettes en laine tricotée qui m'ont réchauffé les pieds et le moral.

Puis j'ai bu toute la gourde qu'il portait à son flanc, l'eau avait un goût amer. Ça m'a retapé. Dans la minute, il m'a paru voir des loups-garous sur la pente, une escouade de flics barbus, mais non, c'était le troupeau de cabris.

Enfin, j'ai poussé le Blanc en caleçon dans un coin, sous un entrelacs de racines, parmi les baies violacées et les épines.

Et j'ai décidé de descendre vers les baraques, avec ma flèche en travers et mes bouchons d'herbe de chaque côté, l'air d'un halluciné, *zot tia croire mo enn fou, enn vakabon,* que je me disais, tant pis, il fallait que je me rende, m'explique, que je retrouve ma dignité. On était bien au XXIe siècle ou quoi? Qu'un médecin me soigne. Je donnerai en échange ce cuisseau de chèvre, de la viande fraîche. À l'arrivée, une fois au sec, je boirai une tonne de café ou de Viandox et j'avalerai cinq boîtes de biscuits. Avec des saucisses créoles. Du sucre raffiné. Des pains croustillants, comme ceux du Vellama, la boulangère du front de mer. Je fumerai à la file une douzaine de cigarettes « Matinées », calé sous du molleton chauffant. J'aurai envie d'écouter des chansons de chez moi et de feuilleter des *Turf-Magazine*, où ils filent les tuyaux des courses du Champ-de-Mars. D'admirer le ciel derrière une vitre, qu'importe sa couleur. J'avouerai tout et son contraire, à n'importe quelle police de n'importe quel pays. Je signerai les décharges et les accusations, les deux en même temps. Pourvu qu'on me laisse revenir parmi les hommes.

Où était passé le singe roux? Qui était son maître? Il semblait apprivoisé et attentif. Il me mènerait aux autres habitants de la base.

J'ai hissé la dépouille du cabri sur mon dos, sa tête sur la mienne, une patte sur chacune de mes épaules, comme un enfant blessé, et j'ai progressé en titubant, et la pente vers la grève et les baraquements m'a paru longue et crevassée, et je me suis vu descendre à découvert dans le froid, comme un bébé tout frais qui sait pas dans quelle contrée, quelle case, au milieu de quelle famille il va montrer sa peau de fesse...

Gouverneur

Je l'ai vu venir de loin, ce crétin de Jodic, et dans les jumelles il en rajoutait un cran dans la provocation, il me narguait, il voulait la confrontation, avec son chevreau bien en vue jeté sur ses épaules, sa flèche entre les dents pour me la jouer cinéma sauvage, je vais te filer la pétoche. Au-delà de mon costume de moquette rousse, oubliait-il mon rang et mes fonctions sur cette terre perdue? Lui n'est qu'un technicien, simple électromécanicien de La Glaciale. Dans l'intention de me narguer, il avait occis sans nécessité l'une de nos chèvres. La raison même de notre présence au trou du cul du monde? Impensable!

Tenté un appel au talkie. Il ne l'avait même plus sur lui. Alors, je suis passé moi aussi au mode fou furieux. Ma colère n'a cessé de bouillir à mesure qu'il approchait.

Il m'appelait par-dessus les rochers, les anciens nids et les touffes.

– Oh, le singe! Pas peur! Mignon, mignon, le macaque…

Il se foutait de moi, ce bougre d'apache! Il me fallait mater la rébellion dans l'œuf. Casser le mutin. J'ai repensé au capitaine Bligh face aux révoltés de la *Bounty*, au large des îles Tonga. Son sang-froid. Sa détermination sur le pont, devant la chienlit des gabiers brandissant des gaffes et des sabres. Son in-tran-si-geance… L'imiter. *Be british.*

Tant bien que mal, en vacillant sur mes jambes, je me suis mis debout sur le toit de Notre-Dame-des-Anges, un pied sur la bordure, face à lui. Il n'y avait pas de vent, juste ce froid qui mordillait les doigts et le crâne, et lorsqu'il est parvenu à soixante ou soixante-dix mètres de Possession, j'ai exhibé mon flingue pour l'intimider. Rien à faire. Ça l'a encouragé. Car cet étrange animal à deux têtes galopait vers moi à longues enjambées, et je distinguais le chevreau qui ballottait sur ses épaules, lui qui pissait du sang de la bouche, et si c'était encore mon Jodic, c'était alors un Jodic devenu dingue, devenu Noir, un Jodic maxi-barré dans sa combinaison auréolée de taches. Plus il grandissait, plus j'avais du mal à recoller les morceaux épars de la réalité, à recomposer le puzzle de mon compagnon hirsute.

– T'arrêtes le cinoche, Lejodic ? ai-je hurlé, les mains en porte-voix.

– Hou, hou ! qu'il a répondu, à croire qu'il n'arrivait plus à parler.

– Ça suffit ! T'as pas touché quand même aux chèvres ?

– Il jacasse le singe ? qu'il m'a répliqué avec étonnement.

J'ai failli en tomber du toit de l'église. Là, Jodic dépassait les bornes. Qu'aurait fait à ma place l'intraitable William Bligh en redingote de drap et pantalon de casimir ? La même chose. Il n'y avait plus eu à barguigner, j'ai pas réfléchi plus, je suis passé à l'ébullition, je ne me contrôlais plus. Pris dans ce tourbillon, comme ivre, je m'accrochais à mon flingue comme un naufragé à son épave de bois, mon browning était devenu mon ultime radeau d'acier dans le maelström des instants, alors j'ai collé sa silhouette d'abruti dans ma ligne de mire et je lui ai lancé les sommations, « Halte ! », puis deux fois « Halte ou je fais feu ! », mais ça ne l'arrêtait toujours pas. J'ai actionné la culasse, lui ai brandi encore mon arme, en vain. Alors, j'ai visé au-dessus de sa tête et pressé la détente pour qu'il se calme,

pensant casser sa trajectoire par cet avertissement, du genre : « Fais gaffe, bonhomme,
maintenant tu descends du manège. » Mais,
non, Jodic a continué, et pour moi, ironie du
sort, c'est après cette détonation que tout a
commencé, la scène s'est déplacée, je me suis
mis à porter le poids de tout, j'étais devenu le
pivot et le seul acteur vivant de cette histoire
abracadabrante, et alors que je me retrouvais
être déjà à demi sourd (sans doute avais-je tiré
trop près de mon oreille, le pistolet tenu trop
haut, le bras droit trop plié contre le corps ?)
et que, comme si le rideau du réel s'était relevé
et que tous les décors en trompe-l'œil étaient
tombés d'un même côté (ce à quoi je croyais
n'était-il que carton-pâte et tôle émaillée ?),
j'ai perçu pour la première fois le vacarme de
notre planète tournant sur son axe, oui, exac-
tement, le bruit énorme de sa rotation, et ça a
été un sentiment ahurissant, presque physique,
je sentais la Terre tourner et moi avec dans le vide
sidéral, avec en sus cet immense courant d'air
venu des astres qui me traversait la peau et
les os, qui me perçait, moi, un Paulmier
de Franville, gouverneur d'Antipodia, de part
en part, tel un vulgaire fétu de paille, comme
si je n'existais pas vraiment ou plutôt qu'il n'y
avait plus eu d'étanchéité entre l'univers et ma

carcasse. Et j'ai réalisé que, au-delà de la courbure de la Terre, c'était le chant plein des astres que j'entendais, l'haleine de l'univers qui me soufflait dans les bronches et me tirebouchonnait la barbiche, et j'ai paniqué car je comprenais qu'à un moment ou à un autre ce bastringue ahurissant m'aspirerait aussi, le monde connu allait se renverser, le vertical deviendrait de l'horizontal pur et, dans un réflexe idiot, j'ai imaginé que, avec un brin de chance, tel un minuscule levier suffisant pour ouvrir une lourde porte de château fort, un autre coup de browning (son aboiement court, son odeur sèche de poudre, la chaleur de sa crosse quadrillée dans ma paume) parviendrait au moins à me rendre l'ouïe, à briser la charge de cette apparition, peut-être à remettre les choses et nos destins d'aplomb, sauf que là il y avait cet espace béant autour de moi, un trou noir énorme devant et derrière, au sud et au nord, en haut et en bas, avec l'aveuglante clarté d'étoiles en fusion, le sillage de météores et la giration d'exoplanètes, un brassage de galaxies tournoyantes où glougloutaient des cratères et des océans de lave, et pour ne plus entendre la voix du cosmos rugissant qui me faisait péter les connexions de mes neurones (et aussi pour refroidir le médaillon

qui, dans ma poche de pantalon, me brûlait
la cuisse à croire qu'il avait été chauffé à
blanc), j'ai tiré une autre fois vers ce Jodic
invraisemblable qui, agitant les bras au-dessus
de sa tête, ressemblait à un mariole de foire, et
après cette dernière détonation qui n'a rien
arrangé ou arrêté, ni le bruit, ni la béance, ni
la rotation générale, ni même la course de
l'olibrius vers moi, quelque chose de haut et
de violent a surgi dans mon champ de vision,
et ce truc à forte odeur de suint, d'iode, de
sang et de merde m'a arraché ma bande velpeau, oui, saisi les oreilles jusqu'à les arracher,
et ce n'était plus mon Jodic mais un total
inconnu, peut-être le macchabée de *L'Aurora*,
en tout cas plus griffant, mordeur et carnassier
que je l'aurais imaginé, et j'avais beau appeler
à mon secours les ombres tutélaires de
Marion Dufresne, de l'amiral d'Entrecasteaux,
du chevalier des Kerguelen, de Napoléon et
de Dumont d'Urville, rien n'y faisait, « salope-
rie de petit yéti » qu'il hurlait en dépit de sa
flèche entre les dents, et j'ai vu alors s'ouvrir
sous ma botte fourrée le ciel comme un gouffre
qui aurait changé de place, et réalisé que sans
parachute j'étais perdu, bien perdu, pour les
zones australes et pour la France, allez, bon, va
pour le plasma et le magma que je me suis dit,

sauf que les messieurs de La Glaciale, et ceux du ministère de Paris, lorsqu'ils déchiffreraient mon compte rendu dans le registre, ils ne me croiraient jamais, je peux le certifier, c'est le problème avec ces ronds-de-cuir de l'administration, ils envisagent rarement l'immense...

Remerciements à Judith Schalansky, dont l'*Atlas des îles abandonnées* (Éditions Arthaud, 2010) m'aura donné, sans qu'elle le sache, le déclic pour écrire ce livre, ainsi qu'à Ariana Cziffra pour sa précieuse connaissance du monde mauricien.

Ce 296ᵉ titre du Dilettante a été imprimé
à 4444 exemplaires le 22 octobre 2011
par l'Imprimerie Floch à Mayenne (Mayenne).

DÉPÔT LÉGAL : 4ᵉ TRIMESTRE 2011
(80839)
Imprimé en France